Tatematsuri 奉
illust. mmu
無能と言われ続けた魔導師、
実は世界最強なのに
幽閉されていたので自覚なし 2

CONTENTS

Presented by TATEMATSURI

Munou to iwaretsuzuketa Madoshi jitsuha
Sekai saikyo nanoni
Yuhei sarete itanode Jikaku nashi

無能と言われ続けた魔導師、実は世界最強なのに幽閉されていたので自覚なし 2

奉

OVERLAP

シオン
魔族の少女。過去の記憶を失い、衰弱して倒れていたところをアルスに保護される。触れた物体を変質させる血統ギフト【変化】の所有者。
「ふぅ……ところで………………
アルスはここで
何をしているんだ？」
シオンは顔を真っ赤に染めながら湯船に顎まで沈めた。そんな彼女の視線の先には、素っ裸で仁王立ちのアルスがいる。

「あんた、なにしてんのよ！」
カレン
ユリアの妹。亡国の第二王女。
現在は魔法都市でギルドマスター
として〝ヴィルートギルド〟を率いる。
王家に受け継がれる
血統ギフト【炎】の所有者。
「あァ？ 誰に口利いてんだ、クソ女が」
グリム
魔法都市の頂点に君臨する十二人の
魔導師・魔王（魔導十二師王）のひとり。
史上最年少で魔王の座に至った
神童であり、〝マリツィアギルド〟の
ギルドマスター。

イラスト／mmu

プロローグ

大粒の雨が降っていた。

夜闇であっても尚《なお》、視界を覆い尽くす豪雨、その隙間を這《は》い堕《お》ちるは光り輝く稲妻だ。

そんな嵐の中で、負けじと足音が大きく踏み鳴らされた。

驚異的な脚力だ。

彼女が一つ踏み込んだだけで、常人には信じられないほどの距離を進んだ。

「はっ、はっ、はっ」

呼気が乱れても止まることなく少女——シオンは走り続けている。

時折、背後を気にすることはあっても、決して止まることはなかった。

それでも、背中に粘りつく視線は外れず、その強大な気配は常に付き纏《まと》ってくる。

「えっ——?」

逃げ続けていたシオンだったが思わず足を止めてしまう。

ずっと張り付いていた気配が、突如として消えたからだ。

「逃げ、きったのか……?」

大きく息を吐き出して天を仰ぐ。

月は曇天で見えず、雨粒が視界を遮っている。

絶えることなく降り注ぐ空の雄叫《おたけ》びが地上を照らしていた。

「いや、安心はできな――ッ!?」

再び走り出そうとする少女だったが、それは敵《かな》わなかった。

「よぉ……もういいか？」

たった一つだけの光源――雷光を背にした男がシオンの眼前に立っていたからだ。

濡《ぬ》れた髪を無造作に掻《か》き毟《むし》りながら、青年は鬱陶しそうに吐き捨てる。

「じゃあ、飽きたから殺すぞ」

「ちっ」

舌打ちをしたシオンは逃げだそうとするが、青年がそれ以上の速度で彼女の細い首を片手で握り締めた。

「飽きたって言ってんだろうが、もう諦めろ。こっちも遊んでる場合じゃないんでな」

シオンを捕らえた青年は煩わしそうに言うと、恐るべき膂力《りょりょく》で彼女を持ち上げた。

「あ、ぐぁっ!?」

苦しむ少女を眺める青年の顔には感情というものが浮かんでいない。

機械的――淡々と獲物を屠《ほふ》る狩人《かりゅうど》のように、その瞳は無機質なものであった。

「は、放せッ!?」

足掻《あが》いて、藻掻《もが》いて、必死の抵抗を見せても青年の握力が弱まることはなかった。

むしろ、首の骨を折らんばかりに圧力は増していくばかりだ。

「てめえは馬鹿か、そう言われて素直に解放する奴《やつ》がいんのか？」

「くそが——ッ!?」

苦痛で唇を歪《ゆが》めたシオンの目尻から涙がこぼれ落ちるが、雨に混ざったことで青年が気づくことはなかった。

否、晴れ渡った空の下で気づいたとしても、青年の感情は揺らぎもしなかっただろう。

「どんなに抵抗しても、どんなに謝ろうとも、てめえらは必ず殺さなきゃならねえ」

誰もがその存在を讃《たた》える。

誰もがその存在を畏れる。

魔法都市に存在する十二人の世界最高峰の魔導師。

「ここで死んどけよ」

彼こそが頂点のひとり、

「——なあ、クソ魔族？」

——魔王グリム・ジャンバール。

第一章　出会い

幾多の魔法陣が宙に浮いていた。
次いで地響きが渓谷を震わせて、悍《おぞ》ましい雄叫びが空間を圧搾する。
グレンデル――人間の三倍はあろう巨人の魔物が暴れていた。
山羊《やぎ》にも似た醜悪な顔面を持ち、巨大な口が開くことで鋭い牙が覗《のぞ》き見えている。
深紅の眼球が蠢《うごめ》いては周囲を威嚇して、凄《すさ》まじい咆吼《ほうこう》と共に涎《よだれ》が撒《ま》き散らされた。
太い腕が生み出す風圧は矮小《わいしょう》な人の身を軽く吹き飛ばすほど強烈なものだ。
しかし、恐るべき巨軀《きょく》から繰り出されるはずの強大な力は鳴りを潜めていた。
その理由は単純明快だ。
四肢に蔦《つた》が巻き付いていることで、自慢の膂力を封じられていたからである。
「放て！　一気にトドメを刺すわよ！」
紅髪の少女から号令が下れば、周囲に浮いていた魔法陣から一斉に魔法が射出される。
即《すなわ》ち――集中砲火。
火、風、水、様々な魔法がグレンデルに衝突していく。
強烈な攻撃が重なることで、色鮮やかな爆煙にグレンデルは包み込まれた。

やがて、白煙が晴れた時、大量の血を流しながらも、グレンデルの健在な姿が現れる。

恐るべき生命力だが、紅髪の少女——カレンの美麗な横顔に憂いはなかった。

「あちゃー……仕留めきれなかったか」

線の細い身体《からだ》に紅を基調とした軽装を纏っている。

瑞々《みずみず》しい肌はきめ細かく、まだ幼さを残した顔立ちは誰もが唸《うな》るほど整っていた。

髪色と同じ、宝石と見紛《みまが》うほど透き通った紅瞳からは意志の強さが感じられる。

老若男女問わず感嘆する容姿は、女神と比べても見劣りするものではないだろう。

「ん〜、どうしよっかな〜……」

困ったように苦笑を浮かべて頰を掻く姿は少々の余裕すら感じられた。

そんな彼女に向かってグレンデルは咆吼をあげる。幾度もの攻撃を鬱陶しく思ったのか、それとも激痛によるものなのか、醜悪な顔を憤激で歪ませていた。

次いでシューラーたちの拘束を振り切ると、その巨軀からは信じられないほどの俊敏さで大地を疾走し始めた。

雄叫びをあげながら突進してくるグレンデルに、

『レーラー、申し訳ありません！　次で仕留めてみせます！』

シューラーの一人が焦ったように声をかけてくるが、カレンは首を横に振った。

「ううん。もういいわ、下がりなさい」

これ以上の継戦をシューラーたちに任せると怪我人《けがにん》がでる恐れがあった。

失敗を取り戻そうとする気概は評価に値するが、気負いすぎている点については褒められたものではない。だから、カレンは介入するのであればこの辺りだと判断した。

「あとは任せてちょうだい」

グレンデルを仕留められなかったシューラーたちを責めることはせず、微笑《ほほえ》んだカレンは隣にいた青髪青眼の美女に目を向けた。

「エルザ、足止めは任せたわよ」

「かしこまりました」

静謐《せいひつ》な美女だ。それ以外の言葉では言い表せないほど完璧な容姿をしている。

青い静脈が透けて見えるほどの白い肌、露出が多い服装と相俟《あいま》って艶《なま》めかしい肉体は凄まじい色気を漂わせている。しかし、あまりにも整った容貌のせいで妖艶さよりも若干であるが楚々《そそ》とした雰囲気が勝っていた。

冷徹な感じを懐《いだ》かせる青髪青眼もまた、その印象に拍車を掛けているのかもしれない。

そんな美女――エルザは目を細めると、自身の得物である弓を構えた。

「反転する射手の天空 千手の矢が降り注ぐ 嘲る者なし 囀《さえず》る者なし 我が意に合わせよ」

詠唱と同時にエルザの手から矢が放たれる。

「賢者に鏡を―― 〝愚者氷結《ヴァイスヴァイザー》〟」

魔法名が唱えられた時、グレンデルの両足に矢が突き刺さった。

刹那――白煙が噴き上がる。

グレンデルは瞬く間に足の爪先から首元まで凍りついていく。

やがて身動きがとれなくなったことで、その醜悪な顔に困惑を浮かべた。

そんな混乱する魔物を前に、カレンは自身の得物である槍《やり》を握り締めた。

「道を空けなさい！」

『やべっ、巻き込まれるぞ！』

『早く、離れろ！　射線を塞ぐんじゃねえ！』

カレンの命令を聞いたシューラーたちは慌てながらも素直に従う。

すぐさま投擲《とうてき》の構えを見せたカレンは、中央に生まれた射線を見据える。

「血は滾《たぎ》り　肉は灼《や》け　骨は砕け　灼熱《しやくねつ》は蒼火《そうか》となって大地に刻まれる」

腰を捻《ひね》って腕を振りかぶったカレンの手から凄まじい勢いで槍が放たれた。

「万象を捕らえろ――〝炎獄《インフエルノ》〟」

荒れ狂う炎を纏った槍はグレンデルの胸板をあっさり貫いた。そして、大きな風穴が生まれた瞬間――蒼炎が空に向かって立ち上り、巨影が踊りながら地面に倒れる。

『……さすが』

『レーラーは……やっぱすげえな』

魔物の死亡が確認されると、ぽつぽつと畏怖の混ざった呟《つぶや》きが周囲からこぼれてきた。

「こんなものかしらね」

シューラーたちの称賛の声を聞いて、ふふんっと、自慢げに胸を張ったカレンは空に腕を伸ばした。すると不思議なことに放たれていた槍が手に戻ってくる。

「お見事でした――ですが、素材は大丈夫なのですか？」

「大丈夫、ちょっとだけ魔力を絞ったから、肌は黒焦げだろうけど中身は無事なはずよ」

不安そうなエルザの言葉にカレンは返答してから指を鳴らす。

大地で燃え盛っていた蒼炎が瞬時に消えて、黒焦げになったグレンデルが姿を現した。

「……カレン様、魔力操作が本当に上手《うま》くなりましたね」

エルザが感心したように何度も頷《うなず》く。そんな彼女を見てカレンがはにかんだ。

「ほら、アルスを見てたら、ね。あんなに上手く目の前で魔法を使われたら、あたしだって……なんて思うわけじゃない？」

「なるほど、それでグレンデルを相手に魔力操作の練習をしたわけですか」

「そういうことよ。それに詠唱破棄の練習もしてるし、あたしだって成長してるの」

片目を瞑《つぶ》ってウィンクをエルザに投げたカレンは、周囲で待機していた自身が率いる〝ヴィルートギルド〟のシューラーたちに命令する。

「みんな～、さすがに死んでると思うけど、一応生死の確認はしておいてね」

その言葉を皮切りに、素材を採取しようとする人々がグレンデルに群がっていく。

そんなやり取りを少し離れた場所で見ている者たちがいた。

「……見事な戦いだったな」

黒髪で左右異なる色彩の瞳、将来は美丈夫に育つであろう予感を抱かせる相貌、大胆不敵な表情はどこか大人びた印象を与えるものだが、未《いま》だ幼さを残しているせいで奇妙な雰囲気を纏《まと》っている。そんな黒衣の少年は親しい者たちからアルスと呼ばれていた。

「確か……グレンデルは魔法協会の判定基準で討伐難易度Ｌｖ．４だったか？」

「そうみたいですね。ちなみにアルスが前回、単独撃破したマンティコアのオスは討伐難易度Ｌｖ．５らしいです」

アルスの問いかけに答えてくれたのは白銀の髪を持つ美少女だった。

「……両方と戦った経験があるアルスだと強さの違いがわかったりします？」

彼女を表現するならば清楚《せいそ》の一言に尽きる。

女神すらも嫉妬するのが馬鹿らしくなるほどの美貌。絵画から飛び出してきた佳人のような雰囲気。彼女に欠けている部分など存在せず、完璧という文字ですら彼女を表すには生温《なまぬる》い、そんな表現できない端麗な造形は誰もが振り返るほどの魅力に溢《あふ》れていた。

「ん～、単純に比較できたら良かったんだが……」

アルスが前回の遠征で倒したマンティコアのオスは、魔法協会で討伐難易度Ｌｖ．５に指定されており、その基準はA級魔導師が単独で撃破するのが難しく、複数人いなければ討伐できないレベルと言われている。

「でも、マンティコアのオスはそれほど脅威に思えなかったな。たぶん、こういうのは個体差もあるだろうから」

アルスは椅子代わりにしていた魔物――カレンたちよりも先に倒していたグレンデルの死体から飛び降りて、その巨体を手の甲で叩《たた》いた。

「それにコイツもユリアと一緒に倒したからな。やっぱり簡単に比べることはできない」

「なるほど。なら、またグレンデルが出現したら、次は単独でやってみますか？」

「それもいいかもしれないな」

そんな語り合う二人の間に、一人の女性が割り込んでくる。

『アルスさん、解体作業に入っても大丈夫ですか？』

「ああ、邪魔をしてすまなかった」

『いえいえ、パパッと解体しちゃいますね』

アルスに声をかけてきたのは〝ヴィルートギルド〟に所属する〝運び屋《サポーター》〟と呼ばれているシューラーだ。

彼らは主に素材などを収納する【鞄《かばん》】、【袋】など【空間】系ギフトを持っていて、魔導師の中でも重宝されている職業のひとつだ。また魔物の解体技術などを習得しており、

〝運び屋《サポーター》〟は〝失われた大地〟で冒険するのに欠かせない存在でもあった。

そんな〝運び屋《サポーター》〟の解体作業をアルスたちが眺めていれば、

「お姉様～、こっち任せちゃったけど、大丈夫だった？」

カレンが手を振りながら近づいてきて、ユリアは両腕を広げると笑顔で迎え入れる。

「はい、怪我などもありませんよ」

「さすがはお姉様！」

カレンがユリアに抱きついたのを見てアルスは苦笑を浮かべる。

お姉様への愛を爆発させて、いつものように「さすおね」が始まったからだ。

「あぁ～……数時間ぶりのお姉様成分だわ」

「ふふっ、いつまで経《た》ってもカレンは甘えん坊なんですから」

カレン曰《いわ》く、胸元に顔を埋《うず》めて息を吸い、気づかれない程度に肌を舐《な》める。

そうすれば不思議な甘みと共にお姉様成分を取り入れることができるらしい。

そんな成分が存在するのかと驚いたアルスは、何度かユリアに協力してもらって試したことがある。しかし、抱きつくという行為は意外と力加減が難しい。

アルスは毎回勢い余ってユリアを押し倒してしまっていた。

それでも何度かやっていれば慣れてくるもので、今では自然な動作で抱きしめられるようになった。けれど、残念ながらお姉様成分とやらはわからずじまいだ。

なので、カレンにしか感じ取れない不思議成分なのだとアルスは結論づけていた。

「ふふっ、アルスが頑張ってくれましたから、私なんて何もしてませんよ」

ユリアの謙遜が聞こえたので、アルスは思考を打ち切ると二人の会話に参加する。

「そんなことはないだろ。ユリアの剣技がなかったら、グレンデルの首は落とせなかったからな」

「あれ……アルスの短剣って、まだ戻ってきてないの？」

ユリアの体臭を思う存分に堪能していたカレンが、満足そうな表情で首を傾《かし》げると疑問を口にした。

「遠征にでる前に〈穴熊の巣穴《ダックス・ネスト》〉に寄ったけど、まだしばらくかかるみたいだ」

いつもなら腰に差している二本の短剣。

今はそれがない。その理由は一ヶ月ほど前に〝帝国五剣〟の〝第五席〟アルベルトと戦った時に折れてしまったからだ。

さすがに買い換えるしかないと思ったのだが、綺麗《きれい》に折れているおかげで修理できると製作者に言われた。なので、修理が終わるまで預けているわけだが、まだ手元に戻ってきていないのだ。

「確か青銅製――一番安い短剣だったんでしょ？　新しく買ったほうが良かったんじゃない？　前回の遠征分とか結構な報酬を渡した記憶があるけど使わないの？」

「……手元にお金は残ってないな」

アルスは哀愁を漂わせながら呟いた。

確かに結構な報酬をもらっていたが、ユリアへの贈り物、エルザのぬいぐるみ代、カレンと行った商業区の食事代など、報酬のほとんどが彼女たちとの交際費で消えている。

「はあ……アルスってば、案外、浪費家だったのねぇ」

「ま、まあな」

しかし、そんなことを本人たちを前にして言えるわけがない――それに、カレンから教わったのだが、男が金銭のことで過去のことを持ち出すのは常識を疑われるらしい――なので、アルスは曖昧な笑みを浮かべながら話題を逸《そ》らすことしかできなかった。

「それにオレが上手く短剣を扱えなかっただけの話だからな。直ったら次こそ上手く扱ってみせるさ」

もっと魔力を上手く制御できていたら、短剣を修理に出す必要はなかっただろう。

己の力量不足なのは間違いない。一番安い青銅の短剣だろうと、自身の魔力で最上級の鉱石に匹敵するぐらいの耐久度にしてこそ、魔帝に近づけるというものだ。

「それに青銅でどんな物でも斬れるようにならないとな」

「はぁ……どんな物でも斬るか……そんなこと簡単に言えるアルスにビックリよ」

アルスの言う通り青銅で何でも斬れるようになれば、鉱石選びに苦労することはないし、鍛冶師に頼ることもなくなるだろう。だが、それができないから人々は名匠の作品を求め、高級鉱石を使用した武具に憧れるのだ。

アルスにとっての理想を口にしたのだろうが、カレンからすればそれは夢物語の類であった。だから、カレンが呆《あき》れた表情を浮かべるのも無理はないのである。

「他にもやるべきことは沢山ある。〝魔法の神髄《ミーミル》〟を超えるためにもな」

「〝魔法の神髄《ミーミル》〟か……あたしも調べてあげてるけど、これといった情報はないわね」

世界最強の魔導師、〝魔法の神髄《ミーミル》〟に関する情報は少ない。

魔法都市に潜んでいるのではないかという噂《うわさ》もあるが、アルスが持つギフト【聴覚】をもってしても見つけることができないのだから、眉唾の可能性が高いだろう。

「時間はあるからな。ゆっくり探すさ」

幽閉されていた頃と違い、今はもう自由なのだから時間は十分にあった。

まだ焦るような時ではない。

魔法都市にいる強敵——魔王たちに挑戦する頃には自《おの》ずと現れているだろう。

「それまでは〝失われた大地〟で実力をつけて、楽しみながら位階を上げていくさ」

魔法協会に所属する魔導師には十二の階級が与えられる。

最初は誰でも第十二位階〝王位《レガリア》〟から始まり、魔法協会が発行する依頼などを達成することで位階を上げていき、最終的に魔王——第一位階〝絶位《ルシフェル》〟を目指す仕組みだ。

先日、バベルの塔にある受付に申請したことで、アルスも晴れて魔法協会所属の魔導師になれた。もちろん階級は一番下の第十二位階〝王位《レガリア》〟だ。

その証明となるのが、アルスの薬指にある指輪だった。

魔法協会所属を示す身分証明みたいなもので、第十二位階〝王位《レガリア》〟を表す宝石の菫青石《アイオライト》がついている。これはバベルの塔にある受付から提供される物だ。

ちなみに、指輪、腕輪、首輪、首飾り、耳飾り、五種類の中から選べるようになっている。そんな中でアルスが指輪を選んだのは理由があった。

ちらりと隣のユリアを見れば彼女の左手薬指にも同じものがある。

要するにユリアが強く希望したことで——有無を言わせぬ圧力によってお揃《そろ》いで指輪をすることになったのだ。

なぜ、左手薬指につけることになったのか。

『同時期に指輪を得た男女は、お揃いで左手薬指につける習慣があります。常識ですよ』

と、ユリアが真顔で言ってきたからである。

もちろん本当に常識なのかどうか、アルスはカレンに確認をとった。姉の顔を見た彼女は、頬を引き攣《つ》らせながら勢いよく頷いていたので間違いないだろう。

「それで中域には慣れたかしら？　やっていけそう？」

カレンの言葉にアルスは現実に引き戻されて小さく頷いた。

「ああ、たぶんな。中域はグレンデルのような討伐難易度Ｌｖ．４が多いんだよな？」

〝失われた大地〟は広大であるが故に、いくつかの領域に区切られている。

〝低域〟は討伐難易度Ｌｖ．２～３、〝中域〟は討伐難易度Ｌｖ．４～５の魔物が多い。

更に〝高域〟、〝深域〟、北に向かえば向かうほど強力な魔物が生息する領域が待ち受けている。そして、アルスたちが今いるのは中域と呼ばれる場所で、日頃からカレンたち〝ヴィルートギルド〟が狩り場にしているところだ。

ちなみに前回の遠征――アルスがカレンたちと狩りをした場所は低域だ。

アルスが単独で討伐したマンティコアのオスは、領域主と呼ばれるボスモンスターの一種ということもあり、討伐難易度はＬｖ．５と低域の基準よりも高めに設定されている。

「そうよ。でも、ここからさらに奥へ行けば――高域との境目になるからＬｖ．５が増えるし、中域の領域主が徘徊《はいかい》してたりするから気をつけないといけないわ」

「中域の領域主の討伐難易度は？」

「Ｌｖ．７よ。うちのギルドも強くなったから一度は挑戦してみてもいいんだけどね」

迷った素振りでカレンが言えば、その背後からエルザがやってくる。

「準備もできていませんから、さすがに領域主への挑戦は諦めてください」

「あら、エルザ。グレンデルの解体は終わったの？」

「はい。損傷も少なかったので素材も大量に採れました。なので、積載量も限界とのことです。なので、今回の遠征はここで終了にしたほうがよろしいかと思います」

「〝運び屋《サポーター》〟が言うなら仕方ないわね。ここで切り上げておきましょう」

「かしこまりました。では、順次引き上げさせます」

「うん、頼んだわね」

シューラーたちに指示しに行くエルザを見送り、カレンがアルスに振り向いてくる。

「それでアルスは前に渡した帰還用の指輪は持ってるわよね？」

「ああ、ちゃんとつけてるぞ」

アルスは左手の中指にも指輪をつけていた。

これは前回の遠征時にカレンから本拠地〈灯火の姉妹《ヴィルート・シュヴエスター》〉への帰還用に貰《もら》ったものだ。

魔石には〝転移〟が付与されていて、指輪には帰還先の座標が刻まれている。

「じゃあ、好きなタイミングで戻ってきてね」

カレンがそう言った時には、周囲のシューラーたちが続々と帰還を始めていた。

「では、あちらでまた会いましょう」

最後にユリアが手を振ってアルスの前からいなくなる。

あれほど騒がしく、熱が溢《あふ》れていた場所は、静寂が訪れて物悲しい雰囲気に包まれた。

「オレも帰るとするか……」

アルスも帰還しようと指輪に魔力を込めようとするが、

『――――ない』

「………ん？」

微《かす》かであったが【聴覚】が声を拾った。

聞き間違いはありえない――だから、アルスは声が聞こえた方角に足を進める。

ただでさえ悪路である渓谷なのに、昨夜の雨のせいで地面がかなり泥濘《ぬかる》んでいた。

それでも苦もなく飄々《ひょうひょう》とした表情で、アルスは目的の場所に歩を進めていく。

すると、アルスの目の前に現れたのは川だった。

特筆すべきなのは昨夜の雨で増水していることだけ、それ以外は特徴というものがないどこにでもある幅の狭い川だ。

周囲を見渡していたアルスは、離れた場所に何かが打ち上がっているのを見つけた。

「へえ……もしかして、噂の人魚か？」

カレンから聞かされた話だが、〝失われた大地〟には人魚が生息しているらしい。

人型に近い容姿をしていて、知能があって人語も発することができるとのことだ。

その美貌と希少種なだけあって狙われることが多く、人前に現れることは滅多にないそうだが、川が増水したりするとたまに川辺に打ち上げられるそうだ。

「でも、なんか違うような気もするな」

魚のような尾を持っているとカレンは言っていたが、眼前の生物の下半身には人間と同じ細い足が二本――つまり、アルスの前で倒れている彼女が人魚の可能性は低そうだ。

「……なら、人間か？」

水に濡《ぬ》れた桃色の髪が日差しを浴びて輝いている。人魚と見間違えるほど目鼻立ちは整っていた。けれど、弱っているようで肌が病的に青白く生気を感じさせない。

「……これは」

腰を屈《かが》めて女性の顔を覗《のぞ》き込んだアルスは、怪訝《けげん》そうに眉間に皺《しわ》を刻む。

倒れた女性の額から二本の角が伸びており、その間に流れる前髪の一部が黒く染まっていたからだ。さらによく調べようと顔を近づけた時、唐突に女性の瞼《まぶた》が開いた。

衰弱しているのに、その翠眼《すいがん》は思いの外力強く、射《い》貫《ぬ》くような視線を向けてくる。

「まだ……まだ……シオンはッ！」

伸びてきた手がアルスの胸ぐらを摑《つか》み、そこに込められた力で引き寄せられた。

それでも殺気や殺意、彼女からはこちらを害するような気配は感じない。

だから、アルスは抵抗することなく冷静に対応することにした。

「シオン？　お前の名前か？　それとも誰かの名前か？」

彼女の翠眼に宿っているのは執念、それはアルスが知っている色をしていた。

懐かしい気分にさせてくれるものだ。

幽閉されていた頃の自分も同じような瞳をしていたのを思い出した。

しかし、彼女はアルスの問いに答えることはなく、再び気を失ってしまう。

「さて……どうするか、それを考える前に――」

おもむろに立ち上がったアルスは、女性から視線を外して背後の森に振り返った。

「――お客様みたいだな」

ギフト【聴覚】が拾ったのは複数の足音、木々の陰からでてきたのは人間だ。

その数は六人。服装は軽装から重装と様々だが、魔導師で間違いないだろう。

彼らは円を描くようにして、アルスの逃げ道を塞ぎながら近づいてきた。

『その女性なんですが、うちのシューラーでして、ご迷惑をおかけしました』

友好的な笑みを浮かべて、中央の男が代表して進み出てきた。

その表情からは嘘《うそ》をついているとは思えないが、身に纏《まと》う雰囲気は何やら胡散臭《うさんくさ》い。

「証明するものはないのか？」

「持ち合わせがございません。彼女が目覚めれば我々のこともわかるかと……」

うちのシューラーと言いながら、所属ギルドを証明するものを提示してこない。

「そうか――いや、もう十分な証拠はもらったよ」

【聴覚】で言葉を聞いた限りでは〝嘘〟をついているのは間違いなかった。

「声が少し高くなってるぞ。嘘をつくなら感情も殺せるぐらいじゃないとな」

『なにを言って――ッ!?』

「そっちのほうが人数が多いんだ。先手ぐらいは貰うぞ」

動揺する男が言い終える前に、言葉を被《かぶ》せたアルスは彼の眼前に手を翳《かざ》す。

「〝衝撃《ウエグブラセン》〟」

『ふぐっ!?』

魔法が直撃した男は木々を薙《な》ぎ倒しながら森の奥へと消えていった。

仲間が闇に吸い込まれていく光景――残された魔導師五人が呆気《あっけ》にとられた表情で見送っていた。その後、彼らは怒気混じりの鋭い眼光をアルスへ向けてくる。

『まさか、この数を相手に……正気か、貴様!』

そんな憤激する魔導師たちを、落ち着いた表情で眺めるアルスは肩を竦《すく》めた。

「実を言うとだな。いまいち、自分の現在位置がわかっていないんだ」

アース帝国の魔導騎士を相手にした時もそうだ。

怯《ひる》ませる程度の威力しかないはずの〝衝撃《ウエグブラセン》〟――それを受けると誰もが派手に吹き飛んでしまう。そんなこともあって、おかしな話になるのだが、アルスはいまいち自分の力を完全に把握できていない。

いや、客観的に捉えることができていないと言ったほうが正しい。

だから、自分の現在位置を知るために、〝帝国五剣〟の〝第五席〟アルベルトとも危険を顧みずに戦ってみた。しかし、彼の正体を聞いてみれば、家柄だけで〝第五席〟に選ばれていたそうで、相応の実力があったかと言われたら疑問が浮かぶのである。

他にも様々な敵と戦ってきたが、未《いま》だにアルスは自分の実力を完全に計れずにいた。

『な、なんの話だ？』

急に理解できないことを言われて、魔導師たちは狼狽《ろうばい》を露《あら》わに瞳を泳がせた。

そんな彼らに自嘲混じりの苦笑を返したアルスは顔の前で手を振る。

「いや、気にしないでくれ」

素直に謝罪を口にしてから、アルスは残った五人の魔導師を順繰りに眺めた。

「それで、続きはどうする？」

『ここまでしておいて見逃してもらえると思っているのか！』

目の前にいる彼らは、さっき倒した男と実力が変わらない。とアルスは判断している。

きっと彼らもわかっているはずなのだが、怒りで正常な判断ができないのか、それとも退《ひ》くに退けない理由があるのか、どちらにせよ、戦いは避けられなそうだ。

『なにを笑っている？』

「あー……気づいたか？　悪いな、馬鹿にしているつもりはないんだ」

アルスは自覚があったので申し訳なさそうに頬を掻《か》いた。

「前にも似たような経験をしたからな」

ユリアを助けたときも同じような状況だった。

だから、そのときのことを思い出して、つい笑ってしまったのだ。

『それで貴様は〝黒猫〟を引き渡す気はないんだな？』

思わず言ってしまったのだろうが、アルスの【聴覚】は聞き逃さなかった。

彼らが倒れている女性と知り合いなのは間違いないようだ。

ただし、友好的ではなく彼女と敵対している者たちだろう。

なぜなら〝黒猫〟と言った時に、隠しきれない嫌悪感が滲《にじ》んでいたからだ。

アルスが察することができるほど、殺意にも似た感情は見逃せないほど大きかった。

「ああ、そんな反応をされたら、ますます彼女に興味がでてきた。だから渡すわけにはいかないな」

『そうか……ならば、力尽くで渡してもらうしかないようだな』

覚悟を決めたのか五人の魔導師たちは、アルスを殺すべき敵と認識したようだ。

アルスは構えず自然体。だが、油断なく敵を見据えながら、誰よりも早く口を開いた。

「〝音速《クラングファルベ》〟」

例えばユリアのギフト【光】には〝光速《エクレール》〟と呼ばれる魔法が存在する。

世界の時が止まったかのように錯覚するほど、使用者に絶対的な速度を付与する魔法。

アルスは【聴覚】の魔法〝複声《フエルシユング》〟というものを使って、ユリアの〝光速《エクレール》〟を一度だけ使用したことがある。その時に便利なことを知ってから、自身が使える魔法の中にも似たようなモノがないか探した。それで見つけたのが〝音速《クラングファルベ》〟——ユリアの〝光速《エクレール》〟よりも若干劣るが、十分な速度を付与してくれる。

目の前にいる敵が驚愕《きょうがく》の表情を浮かべるほどの速度で、

「〝衝撃《ウエグブラセン》〟」

躊躇《ためら》う様子など一切なかった。アルスは敵を冷然と吹き飛ばしていく。

そんなアルスの速度に対応することもできず、ただただ驚いた表情を浮かべて森の奥——闇が蔓延《はびこ》る木々の間に敵は呑《の》み込まれていく。

魔法の効果が切れた頃には、残っている敵は一人だけだった。

『な、なんだその魔法は……【風】のギフトなのか？』

「いや、オレが持っているのは、単に耳が良いだけのギフトだよ」

『耳が……良いだと!?　ふ、ふざけるな！　そんなギフトなど聞いたことがない！』

激怒する敵を見てアルスは困ったように眉尻を下げた。

「事実を言っただけなんだが……なぜか、みんな疑うんだよな」

他人がアルスのギフトを聞くと、怒るか、笑うか、同情するか、三者三様の反応を見せてくれる。しかし、ほとんどは眼前の男と同じ反応——馬鹿にされたと怒る者が多い。

「そうそう……一つ試したい魔法があるのを思い出した。付き合ってもらおうか」

『そんなことを言われて、わざわざ待つ者がいると思うか？』

別に待ってもらう必要はない。しかし、それをわざわざ伝える必要性も感じなかった。

「〝風声鶴唳《クリンゲル》〟」

詠唱破棄さえしてしまえば、相手がどんな熟練の魔導師であろうとも手遅れだ。

魔法が発動した時点で、もはや、防御に徹する他ないのである。

魔法陣が現れたのを確認してからアルスは敵に背を向けて歩き出す。

『なっ……視力を奪ったのか!?』

驚いたような声——魔法の効果が表れたようだ。

アルスの背後では敵が自身の顔を押さえて驚愕の表情を浮かべている。

だが、視覚を奪われるのが初めての経験ではないのか、すぐさま腰を落として周囲を警戒するように構えていた。その一連の動作に無駄はなく隙もない。いくつもの修羅場を潜《くぐ》ってきている実力者だということを窺《うかが》わせる。

『これで私を無力化したとでも思っているのか？　視力を奪われた程度で私が怯むと？』

怒りを露《わめ》わに喚く敵だったが、アルスは振り向きもしない。

『馬鹿にするなよ、小僧——その油断が敗北を招くと知れ』

アルスに向かって杖《つえ》を構えると敵は詠唱を開始する。

『空滲む水 乾いた舌 潤う砂漠 浮けば空気 落ちれば水 虚空は満ちる』

力強く奏でられる詠唱と共に、水色の線が宙に現れて流麗な模様を描いた。

『空に溺れろ――〝絶地迅水《クラウドバースト》〟』

巨大な水の塊が魔法陣から凄《すさ》まじい勢いで噴き出した。

しかし、アルスがいる方角とは見当違いの方向に飛んでいく。

『どうだ！　これがＢ級魔導師である私の力だ！』

激しく喜ぶ声が背中を叩《たた》いてきた。

そんなに凄《すご》い魔法だったか？　と疑問に思ったアルスは足を止めて振り向くが。

「なんだ……やっぱり〝絶地迅水《クラウドバースト》〟じゃないか、その魔法は知ってるんだ」

残念そうに嘆息すると、すぐさま興味を失って歩き始めた。

それから見えていないと理解しつつも、敵の注意を引くように後ろ手を振る。

「それに魔法の効果は一つとは限らないぞ。〝風声鶴唳《クリンゲル》〟は視力を奪うだけじゃないんだ。幻聴で敵を混乱させる――〝誤認〟こそが、この魔法の真骨頂なんだよ」

魔力が枯渇するまで、あの魔導師は幻聴と戦い続けるだろう。

「……さて、帰るか」

アルスは倒れている女性の下に再び近づいたが、

「へえ……これはどうしたことかな」

そこに女性の姿はなく、いたのは〝黒猫〟だ。

猫と聞けば誰もが頭に思い浮かべる愛玩動物へと姿を変えていたのだった。

＊

〝ヴィルートギルド〟の本拠地〈灯火の姉妹《ヴィルート・シュヴエスター》〉の地下二階。

そこには〝帰還の間〟と呼ばれる場所があった。

石造りで殺風景な部屋なのだが、一つだけその名を表す特徴がある。

この部屋には〝失われた大地〟からの帰還用に刻まれている魔法陣が存在するのだ。

「アルス……なにかあったんでしょうか？」

帰還用の魔法陣を心配そうに見つめるのは銀髪の美少女ユリアだ。

「まだ五分しか経《た》ってないでしょ。待ってれば帰ってくるわよ」

部屋の出入口である石の階段に座り込んだカレンが呆《あき》れた様子で答えた。

「ですが……五分もですよ？」

両手を重ね合わせたユリアが不安そうな顔をカレンに向ける。

「帰還用の指輪が壊れて戻ってこられなくなってたりしませんか？」

「んー……何回使ってるのかわかんないけど、壊れた可能性は低いんじゃないかなあ。一応は三十回以上は耐えられるはずだもん」

カレンは言いながら帰還用の指輪を取り出した。

部屋に備え付けられた魔石灯に照らされて、指輪に嵌《は》められた魔石が鈍い光を発する。

この魔石に〝転移〟魔法を付与したのはギフト【付与】を持つ魔導師だ。

もちろん、魔導師の技術次第では一度や二度で壊れる場合もあるが、カレンが依頼している魔導師は優秀で、粗悪品を渡してくるような者ではない。

「もしかしたら……カレン様が前に話した人魚を探しに行ったのでは？」

二人の間に割って入ったのはエルザだ。いつものように無表情で彼女は言葉を紡ぐ。

「カレン様はアルスさんが世間知らずなのを良いことに、誇大化した話を植え付けていますからね。人魚の話にもすごく興味をもたれていたようですし、今回の遠征した場所には川が近くにあったはずです」

「はえ〜、まさか……エルザは、本気でアルスが人魚を探しに行ったと思ってんの？」

「はい、可能性としてはそれなりに高いかと思います」

エルザが頷《うなず》けば、ユリアも深刻そうな表情を作って唇に指を添える。

「確かに……それはありえますね。アルスは幽閉されていた影響で、子供っぽい一面が強くでるときがあります。きっとカレンの嘘《うそ》を真に受けたんでしょう」

「ちょっとお姉様！」

一際大きな声をだしたカレンが立ち上がる。

石造りの部屋だけあって驚くほど声が大きく響いた。

けれど、カレンは意に介する様子もなく喋《しゃべ》り続ける。

「人聞きの悪いこと言わないで！　あたしは嘘なんてついてないわ！」

カレンは憤慨しているように見えるが、実は演技だということにユリアたちは気づいていた。殊更に大きな声を出して大袈裟《おおげさ》な身振り手振りで感情を表す、彼女がそういった行動をするのは、決まって勢いだけで責任を曖昧にしようとする時だ。

そんな妹の見え透いた感情を見抜いたユリアは、嘆息してから淡々と追い詰めていく。

「人魚の前で銅貨を落としたら、金貨と銀貨に交換してもらえる。なんて世迷《よま》い言《ごと》、嘘じゃなくてなんなんですか？」

「そ、それは嘘じゃないの、冗談って言うのよ」

「あなたって子は本当に減らず口ばかり……そもそも、人魚は金銭を交換してくれるような優しい生物ではありませんよ」

人に近い見た目から、人魚と呼ばれる高い知能を持つ生物は確かに存在する。

しかし、人間に近い知能を得ている時点で、それはもう魔物という枠に収まらない。


——魔族。

人類と敵対している種族を人々は恐れながらそう呼んでいる。

彼らが現れたのは千年前のことだ。

魔帝と神々が争った大陸北部――〝失われた大地〟の戦場跡に残された魔力の吹き溜《だ》まりは後世の人々に様々な影響を与えていた。

魔帝の恨みか、神々の怒りか、原因は定かではないが、残された魔力の吹き溜まりは人類を害する毒となり、時が経つにつれて魔物が発生するようになって、人々から瘴気《しょうき》と呼ばれるようになった。

やがて、無尽蔵に発生するようになった魔物は、エルフが潜む森を破壊、ドワーフが住む山を蹂躙《じゅうりん》、谷を越えて人間が営む街を滅ぼした。そんな恐るべき力を備えた魔物は、知能まで蓄えて魔族に進化を遂げると、圧倒的な力で大陸北部から人類を追い出す。

今では〝失われた大地〟の支配者となった魔族は、〝深域〟と呼ばれる場所を根城にして人類の進出を阻む存在となっている。

そんな魔族は時折、暇を潰すかのように〝失われた大地〟からでてくると、人類側の国家を無差別に襲撃して度々世間を騒がせていた。

「お姉様は魔族を見たことがあるの？」

「ありません……ですが、話を聞くだけでその脅威は伝わります」

「あたしは一度だけ見たことがあるわ」

カレンが魔族を見たのは魔法都市を初めて訪れた三年前だ。

右も左もわからない小娘には、あまりにも凄まじい経験で、忘れることのできない思い出の一つとなっている。カレンが初めて目にした魔族は数十人の魔導師に取り囲まれても尚《なお》、周囲の建造物を破壊し尽くした天災のような存在だった。

「なにもできなかった。見てるだけで精一杯、討伐されるまで震えてるだけだった」

過去の自分を恥じるように、カレンは苦い表情を浮かべる。

「……カレン様」

当時のカレンを知っているエルザが気遣う素振りを見せたが、何を言えばいいのか迷ったのだろう。名を呼ぶだけでそれ以上の言葉はでてこない。

その時、部屋の中央にあった魔法陣が眩《まばゆ》いばかりに輝いた。

光が収束すれば、三人が待ち望んでいた相手が現れる。

「アルス！」

ユリアがアルスの姿を確認するなり駆け寄っていく。

そんな姉の姿を見てカレンは苦笑しながら立ち上がった。

「遅かったじゃない。一体なにをして――」

カレンの言葉は途中で途切れて、その視界の中にいるユリアの足もまた止まっていた。

二人の視線はアルスの腕の中にいる生物に向けられている。

「……これはまた奇妙な」

エルザもまたその異質な存在に気づいたようで、先ほどまでの雰囲気を一変させると、どこか警戒を滲《にじ》ませて目を細めていた。

「アルス、それどこで拾ってきたの？」

カレンが代表して問いかけるも、その声音は緊張から震えていた。

彼女が指し示したのは、もちろんアルスの腕の中にいる生物――、

――〝黒猫〟だ。

「ん？　ああ、珍しいだろ」

珍しいどころではない。先ほどまでその話をしていたのだ。

部屋の張り詰めた空気に気づかず、アルスが向けてくる表情は至純に満ちている。

しかし、その正体を知っているカレンたちは極度の緊張で表情を強張《こわば》らせていた。

「アルス、落ち着いて聞いてほしいんだけど――」

カレンの頬を汗が伝う。まだ大丈夫だと心の中で自分に言い聞かせながら、過去の記憶《トラウマ》を強い意志で捻《ね》じ伏せる。

それでも何度か口を開閉してから、言葉を選びながら慎重に言い放った。

「それ魔族だから……まずは地面に置いて離れなさい」

魔族は人型形態になられると厄介極まりないが、幸いと言うべきか……まだ比較的に対応が簡単にできる魔獣形態だ。それに気を失っているのか、眠っているのかわからないが、今のまま処分すれば犠牲をだすことなく終わらせることができる。

だが、カレンたちは緊張感に包まれているというのに、魔族を抱いているアルスはきょとんとした表情をしていた。

「……アルス、あたしの話は聞いてたかしら？」

「ああ、ちゃんと聞こえてたぞ。やっぱりコレ魔族だったんだな」

アルスは相変わらず悠々たる様子で他人事《ひとごと》のように頷いた。

なんで、そんなに落ち着いていられるのか、カレンは驚嘆から絶句してしまう。

「……知っていて連れてきたんですか？」

硬直してしまったカレンの代わりに問いかけたのはユリアだ。

さすがのユリアも驚きを隠せないようで、目を丸くしてアルスを見ていた。

「ああ、だって珍しいだろ。動物に〝漆黒〟は存在しないそうだからな」

この世界で〝漆黒〟を持つ動物は千年前まで存在しなかった。

だが、魔帝と神々の戦争で残された瘴気の影響によって〝漆黒〟は誕生したと言われている。

瘴気に汚染された動物は〝漆黒〟に変色すると、時を置いて魔物に変化してしまう。

さらに一部の魔物は、ごく稀《まれ》にであるが魔族へと進化を遂げるのだ。

瘴気の影響はそれだけに留《とど》まらず人類にも及んでいる。

髪色や眼色に〝漆黒〟を持つ者が生まれるようになったのだ。

そして、〝漆黒〟を持って生まれた者たちは、必ずと言っていいほど〝無能〟ギフトを所持していたのである。そこへ人々が忌避する――死者を操る【死霊】と呼ばれるギフトまで発見されたことで、〝漆黒〟は無能の代名詞としてだけじゃなく、魔族に近しい証《あかし》として忌み嫌われることになってしまったのだ。

実は瘴気が〝漆黒〟を生み出しているのかどうか、その因果関係は今もはっきりとわかっていない。だが、瘴気に汚染された生物が変色するのも事実で、それ以外で動物に〝漆黒〟は存在しないのである。

「だから、動物で〝漆黒〟がいたら容易に近づくな。まずは魔物か魔族かどうかを疑えと聞いたことがある」

「そこまでわかっていながら……なぜ、連れて帰ってきたのですか……」

ユリアが愕然《がくぜん》とした表情で頭を抱えている。

そんな姉の珍しい姿を目の端で捉えたカレンは同意するように頷いた。

気持ちはよくわかる。カレンだって怒鳴り散らしたい気持ちでいっぱいなのだ。

普通であれば、人類の敵と呼ばれる魔族を、知っていて拾ってくることはないだろう。

「なら、すぐに処分しなきゃいけないのもわかってるわよね」

魔族の保護及び隠匿は重罪である。

これは魔法都市だけに限った話ではなく、世界中の国家が遵守する厳格な国際法だ。

だから、魔法協会に魔族を匿《かくま》っていることが露呈すれば、ギルドが解散させられるだけじゃなく、カレンたちは極刑を免れず、連座でシューラーたちも罪に問われる可能性があった。故に人間国家圏で魔族を見つけたら即斬なのがこの世界の常識なのである。

カレンは愛槍《あいそう》を手にするが、それ以上の行動にでることはなかった。

アルスが変わらず、のほほんとした表情で首を傾《かし》げたからだ。

「普通ならそうすべきなんだろうけどな。こいつは危険がないように思うんだ」

アルスは誰もが恐れる魔族の身体《からだ》を撫《な》でながら言った。

魔族といえども今の見た目は〝漆黒〟を除けば普通にどこにでもいる猫なので、カレンは少しだけ羨ましいと思ってしまった。しかし、そんな愛くるしい見た目とは裏腹に、目が覚めたら天災とも呼ばれる破壊力を周囲に撒《ま》き散らすのだ。

「なんの根拠があって、そんなことが言えるのよ」

帰還してくる間、アルスに一体何があったのか、どうしたら魔族を拾ってくるような事態になるのか、聞きたいことが山ほどでてくる。

それに先日ようやく店の修繕も終わったのだ。また壊されたらたまったものではない。

「根拠はこの【聴覚】かな。こいつを拾う前に声が――」

言葉を途切れさせたアルスの視線は、自身の腕の中に向けられた。

「おっ、目が覚めたみたいだな」

アルスは嬉《うれ》しそうに腕の中にいる〝黒猫〟に語りかける。

ゆっくりと瞼《まぶた》が開かれて、〝黒猫〟の翠眼《すいがん》が露《あら》わになった。

それを一瞥《いちべつ》しただけでカレンは総毛立つ。

「嘘《うそ》でしょ……アルスっ、離れなさい！」

アルス以外の者が一斉に距離をとる。

狭い部屋なので、安全な距離を確保することなど無理な話ではあるのだが、それでも本能に導かれるままカレンたちは一斉に壁際まで跳び退《すさ》った。

アルスの腕の中から〝黒猫〟がゆるやかな動作で地面に降り立つ。

静寂の後に訪れたのは小さな鳴き声――次いで〝黒猫〟の全身が光に包まれた。

思わず眼《め》を閉じてしまうほどの強烈な光量、荒れ狂う魔力が室内を満たしたのは一瞬。

カレンたちが再び眼を開けた時には、そこには息を呑《の》むほどの美女が佇《たたず》んでいた。

桃色の髪は薄暗い部屋の中でも艶を失わずに輝いている。容姿端麗であるエルフにも見劣りすることはない。優美な線を描く相貌は儚《はかな》さと麗しさが同居していた。

額から伸びる魔族特有の二本の角が禍々《まがまが》しい雰囲気を醸し出しているが、決して欠点に

なるわけではなく、彼女の魅力を存分に引き立てる役割を果たしている。

「ここは……シオンは、なぜ？」

頭が痛むのか眉を顰《ひそ》めた魔族は、己の顔を押さえながらカレンたちを睨《にら》みつけた。

「お前たちは誰だ？　シオンになにをした？」

目覚めたばかりで足取りが覚束《おぼつか》ないのか、それとも体力が回復していないのか、彼女はひどく戸惑っているようだった。

誰もが二の足を踏むような状況だが、アルスは構わずに進み出ると話しかける。

「目が覚めたようで良かったよ。気分は……良くはなさそうだな」

「お前は……？」

「アルスだ。川辺で倒れていたあんたを拾った男だ」

「……そうか、川辺……一応は、感謝する。シオンは、シオンだ」

「やっぱり名前だったんだな」

カレンたちが硬直してる間に、なぜか二人が自己紹介を終えていた。

奇妙な空気が漂う中で、カレンたちの中で先に硬直を抜け出したのはユリアだ。

こういう時、良くも悪くも真っ先に動き始めるのはカレンだったが、意外にもシオンをジッと見つめているだけで行動を起こすことはなかった。

エルザもまたシオンに視線を向けているだけだ。

そんな同じ反応をしている二人をユリアは怪訝《けげん》そうに見ていた。

「カレン……どうしました？」

さっきまで魔族の危険性を訴えてシオンを排除しようとしていたのだ。

それが人型になった途端に勢いづくこともなく、ただ唖然《あぜん》と見つめている。

不思議な反応を示したカレンを、ユリアが奇妙に思うのも当然のことであった。

「カレン！　しっかりしてください。彼女をどうするつもりなんです？」

ユリアがカレンの肩に手を置いて揺らせば、

「えっ、あ、ああっ！　そ、そうね……彼女の処遇についてよね！」

ハッとした表情を浮かべたカレンが慌てたように口を開いた。

「とりあえず……敵対してるわけじゃないみたいだし、討伐は保留にしておきましょう」

カレンは先ほどと打って変わって慎重な態度を見せてきた。

「まずは事情を聞きましょうか、状況がまったくわからないんだから仕方ないわ」

まるで別人になったかのような心変わりだ。

その心境の変化が、どのようにもたらされたのか、ユリアは探るように眼を細める。

そんな疑念が多分に含まれた視線に気づいたのだろう。

ユリアの両肩に手を置いたカレンは誤魔化すように愛想笑いを浮かべた。

「お姉様はアルスと一緒に、あのシオンって子を応接室に案内しておいてくれないかしら？　できればシューラーたちに見つからないようにお願いするわね」

「……カレン？　突然どうしたんです？」

「お姉様……お願い。言った通りにしてくれないかしら？」

ユリアに顔を近づけたカレンは鬼気迫る表情をしていた。

そんな余裕すら失った妹の様子から、ユリアは当然訝《いぶか》しく思ったが、今のカレンの雰囲気から察するに答えは聞けそうにない。なので、事情を知っていそうなエルザに目を向けるも、残念ながら彼女は首を横に振るだけだった。

つまり、今はカレンの言うことを聞けということだろう。

エルザまで黙ってしまってはお手上げだ。

カレンと押し問答したところで時間の無駄――そう判断したユリアは諦めるように嘆息すると頷《うなず》いた。

「わかりました。でも、あとで説明してもらいますからね」

「うん。わかってる」

カレンの返事を聞いてから、ユリアはアルスに近寄った。

それから彼の身体を利用してシオンの視界に入らないように努める。

アルスはシオンと仲良く会話をしていたようだが、だからと言ってユリアも友好的に接して貰《もら》えるとは限らないだろう。

何が切っ掛けで敵対行動をとられるのかわからないのだから、アルスを間に挟んで対応したほうが、余計な刺激を与えずに済むとユリアは判断していた。

「アルス、ここで話すのもなんですから応接室に行きませんか？　カレンから使っても良いと許可をいただきました」

「それもそうだな。落ち着いた場所のほうがいいか……」

アルスは考える素振りを見せてからシオンに向き直る。

「シオン、悪いけど、ついてきてくれるか？」

「うん……それは構わない」

シオンは状況を呑み込めていない様子だったが、それでも話を進めるには場所を移さないといけないことを悟ったのだろう。

意外にも素直に頷いた彼女は、アルスやユリアと共に上階へ繋《つな》がる階段を昇っていく。

そんな三人の背を見送ったカレンは深く嘆息してから、エルザに青ざめた顔を向けた。

「………あれはシオンよね？」

「は、はい。間違いないかと思います」

カレンの疑問にエルザは即答した。いつもと変わらない無表情だが、その声は若干であるが震えており、エルザの中でも衝撃が大きかったことが窺《うかが》える。

「でも……なんで彼女が魔族なんかになってるわけ？」

「わかりません」

「ありえないわよ……あっていいはずがない」

得体の知れない不気味な感情が押し寄せてくる。

吐き出すこともできず、呑み込むこともできない。それでも常に込み上げてくる吐き気を堪《こら》えながら、カレンは言葉を絞り出すことに成功した。

「だって彼女は三年前まで確かに――」

一気に人が減ったからか、部屋の熱は急速に失われていく。


「――人間だったのよ」

＊

アルスが去った渓谷では、春の到来を告げるように穏やかな風が吹いていた。

ここは〝失われた大地〟の中域にある名も無き場所。

誰も気にも留めないような地域だが、他と比べても魔物が少ないことから〝安全地帯《セーフティポイント》〟に選ばれることが多い。

だからこそ、彼らは生き長らえることができた――アルスによって気を失わされていた魔導師たちが続々と目を覚まし始めていた。

『あ、あいつの姿はあるか？』

『いない……帰還したんだろう』

『……誰も殺されていないか？』

『死んでないようだが……一人だけ魔力が枯渇して意識を失っているようだ』

『手も足もでなかった………化物め』

気がついた者たちは示し合わせたわけではないが、意識を失っている魔導師の下へ自然と集まり始めた。そして、リーダー格の男が顔面蒼白《そうはく》で深いため息をつく。

『はぁ……ちくしょう。クリストフ様になんて報告すりゃいいんだ』

誰もが同情の視線をリーダーに向ける。

〝黒猫〟の追跡と捕獲、それがこの部隊の任務だった。

それが一人の少年――アルスに邪魔をされたことで達成できなかったのだ。

しかも、B級魔導師――第五位階〝主位《ドミニオン》〟で構成された精鋭部隊を任されておきながらの失敗である。

このような失態を上司であるクリストフが許すことはないだろう。

『気持ちはよくわかるが……それでも報告しないのは立場を悪くするだけだぞ』

上司に誤魔化しは通用しない。それに任務失敗は隠し通せるものではなかった。

彼らが受けた命令は〝黒猫〟の身柄を生死問わず確保することだったからだ。
『わかってるよ。でも……くそ、簡単な任務だったはずなのに！』
項垂《うなだ》れたリーダーだったが、
『──うぅ……くそったれ、報告するしかないか』
諦めたのか〝伝達〟魔法が付与された魔法石を取り出した。
「その必要はないよ。直接、話を聞きに来たからね」
と、背後から声をかけられたリーダーは、驚いて魔法石を地面に落とした。
驚愕《きょうがく》で見開いた眼をそのままに振り向けば、
「さて、これは一体どういう状況なのか、説明してもらえるかな？」
眼鏡をかけた線の細い男が、微笑を浮かべて佇《たたず》んでいた。
まばらになった木々の隙間から差し込んだ陽光に彼は照らされている。
そのせいか穏やかに感じるだけじゃなく、全体的に柔らかい雰囲気が漂っていた。
リーダーはその姿を認めると姿勢を正して、すぐさまその場で平伏する。
『えっ、あ、その、く、クリストフ様、私は全力でことにあたりましたが──ッ!?』
全てを言い終える前に、リーダーは髪の毛を摑《つか》まれて顔を持ち上げられた。
眼前にはクリストフがいて、眼鏡レンズの向こう側に見える金眼は細められている。
「誰が言い訳をしろと言った。なあ？」

その悪意に塗《まみ》れた言動は、彼の優しげな雰囲気とは真逆だった。

「僕はこの状況を説明しろと言ったんだ。キミは馬鹿なのか？」

『あ、ぐげぇ――』

リーダーは返答しようとしたが、首にクリストフの五指が巻き付いたことで言葉を発せられなくなった。当然、苦しみから激しい抵抗を示すのだが、クリストフの指を引き剝がそうとしても手はびくともしない。

「早く言えよ。僕を馬鹿にしてるのかい？　なあ、早く説明してくれ」

『ふっ――はっ、ふぅ、ンぐッ!?』

凄《すさ》まじい握力が首の骨を軋《きし》ませている。

痛みと苦しみからリーダーの瞳は血走るも、徐々に抵抗する力を失って白眼《しろめ》を剝《む》いた。

意識を失って口だけが開閉を繰り返すようになり、リーダーの首から致命的な音が響くと、両腕がだらりと重力に引き寄せられて地面についた。

「ああ――折れたか、どうも骨が砕ける感触というのは何度経験しても慣れないね」

顔を顰《しか》めたクリストフはリーダーの首を解放すると、ハンカチを取り出して自分の手を丁寧に拭い始める。

「それで、だ。なにがあったか説明できる者はいるかい？」

手を拭き終えたクリストフはゆっくりと眼鏡の位置を直す。

「もしかして……他にも自分の首の強度を調べたい者がいたりするかな？」

クリストフが平伏する部下たちを睥睨《へいげい》しながら、手を強調するように横へ何度も振る。

殺意に溢《あふ》れた視線に耐えられず、一人が肩を震わせて大きな反応を示した。

『も、もうしあげます。我々は〝黒猫〟を発見しましたが、正体不明の少年によって邪魔をされました』

「それで？」

『恥ずかしながら為《な》す術《すべ》もなく我々は敗北。気がついた時には〝黒猫〟と共に少年もまた姿を消していました』

「ふぅん……じゃあ、なんで──」

クリストフは楽しげに口角を吊《つ》り上げる。

「──キミたちは死んでないのかな？」

純粋な疑問として放たれた言葉だが、そこに込められた強い意志は死の宣告だ。

誰もが死にたくないという気持ちを懐《いだ》いた。

けれど、命乞いをしたところで見苦しいとしか思われないだろう。

クリストフの疑問は自分の手を煩わせず、彼らに死ねと言っているのだから。

自決を躊躇《ためら》ったところで、クリストフの手でより苦しい結末が待っているだけだ。

ならば、苦しみが少ない内に……と部下たちが願うのは当然のこと、誰もがリーダーの最期を脳裏に思い浮かべていた。

平伏していた四人の部下は、すぐさま武器を取り出すと一斉に首へ押し当てる。

刹那――クリストフが手を大きく叩《たた》いた。

張り詰めていた空気が霧散する。

すると呼吸を忘れていたのか、部下たちは一斉に荒々しく息を吐き出した。

そんな急激な変化が楽しかったのか、クリストフはここに来て初めての笑顔を見せる。

「冗談だよ。死ぬ必要はない。それに責任は彼がとったからね」

リーダーの亡骸《なきがら》を一度蹴りつけたクリストフは鼻で笑う。

その仕草からは、とてもじゃないが死者への敬意は微塵《みじん》も感じられない。

「キミたちは優秀な駒だ。たまにこういった無能が混じっているけど、キミたちは違うと僕は信じている」

感情のこもっていない声でクリストフが冷酷に呟《つぶや》けば、その周りに増援部隊が、五人、十人、二十人、続々と集まってくる。

「他の駒もようやく追いついてきた。これだけ人手があれば十分だろう」

『これから如何《いかが》なさいますか?』

「まずは正体不明の少年とやらの情報が欲しいな。嘘《うそ》だったら大変なことだからね」

失態を犯した四人の部下を眺めながら言えば、彼らは一様に顔を伏せて謝罪の言葉を口にし始めた。そんな彼らの反応を満足そうに見つめながら、クリストフは話しかけてきた部下に命令する。

「慎重に情報を集めるんだ。余計な詮索を受けて僕に辿《たど》り着かれたら厄介だからね」

『まさか二十四理事《ケリュケイオン》——いや、魔王の部下という可能性もあると？』

「可能性は高い。第五位階〝主位《ドミニオン》〟で構成した部隊が敗北したんだから、それを単独で撃破できる優秀な魔導師がいるとすれば、魔王や二十四理事《ケリュケイオン》のクソ野郎どもの幹部ぐらいなものさ」

悪態をついていたクリストフは、魔力が枯渇して気を失っている男に目を向ける。

「彼の目覚めを待とうじゃないか、何か情報を握っているかもしれないからね」

クリストフは方針を決めると、部下たちに指示を出し始める。

「それまでは周辺で手がかりがないか探索しようじゃないか」

黙々と作業を始める部下たちを眺めながら、クリストフは笑みを深めるのだった。

＊

「……記憶がない？」

応接室に漂っていた静寂を破ったのはカレンの声だった。

彼女は対面のソファに座るシオンを懐疑的に見つめている。

責められていると思ったのか、シオンは申し訳なさそうに身を縮こまらせた。

「うん、信じてもらえないかもしれないけど……なぜ川辺で倒れていたのか、その原因を全く覚えてない」

額から生えた二本の角――気持ちを落ち着かせるためか、顔を俯《うつむ》けた彼女はその片方を掻《か》きながら神妙に言った。その態度から嘘をついているようには思えない。

今も必死に思い出そうとしているのか、時折、眉を顰《ひそ》める素振りをしていた。

それでもアルスに拾われる以前の記憶が蘇《よみがえ》ることはなく、シオンは罪悪感が芽生えたのか何度も謝罪を口にしている。

「謝らなくてもいいのよ。もしかしたら、何か切っ掛けがあれば思い出すことがあるかもしれないもの」

魔族なのに最初から友好的――アルスとの交流が円滑だったのも納得できた。

記憶がないせいで戸惑いのほうが大きかったのだろう。きっと状況を把握することで精一杯だったに違いない。今も少しばかり警戒している節はあるが、カレンの知っている魔族と比べれば借りてきた猫のように大人しい。

そもそも、カレンにはどうしても一つだけ知りたいことがあったのだ。

やはり間近で見ても、かつての知り合いと瓜二《うりふた》つだった。

記憶の中にある彼女との違いは、額にある二本の角だけ……。

これが全くの他人だと断定できていたら、魔法都市が定める魔族の排除規定に則《のっと》って彼女を処分していたかもしれない。

しかし、今は知り合いの面影がある彼女に手荒な真似《まね》ができるはずもなかった。

「じゃあ、シオンの記憶が戻るまで――つまり、今後のことを考えましょうか」

「今後のこと？」

シオンが戸惑い気味に首を傾《かし》げたので、カレンは簡単に説明することにした。

「そうよ。魔法都市では魔族を匿《かくま》うことは犯罪とされているの。というよりも、人類国家圏ではほとんどがそうね」

「魔族と言われてもあまりピンとこないけど……」

記憶がないせいなのか、人間か魔族か本人の中では曖昧な部分のようだ。

だが、カレンたちに迷惑をかけることが確実なのは理解したのだろう。

シオンは覚悟を決めたように真剣な表情を向けてきた。

「迷惑をかける前に出て行く。そのほうがそっちにも好都合だろう？」

言うや否やシオンは迷いなく立ち上がった。

「世話になった。出て行くことにする」

慌てたカレンはシオンに両手を向けて制止を促した。

「ま、待って！　出て行くって何処《どこ》に行くつもりなのよ？」

「〝失われた大地〟には魔族の土地があると聞いた」

「え、ええ……確かに魔族によって建国された国が一つだけ高域に存在するらしいけど」

カレンのギルドはまだ高域に進出していないので確認したことはないが、魔族の国家が存在するというのは聞いたことがあった。

「ならそこで世話になることにする」

そんな簡単に高域まで行けるはずがない。

中域までならカレンたちが使っている魔法陣を経由して行けば可能だろう。

しかし、その先は未知の領域で強力な魔物がウヨウヨしている。

シオンの実力は定かではないが、記憶を失っている状況でそのような死地に放り込むほどカレンは薄情な性格をしていない。そもそも、シオンがカレンの知る者と同一人物であるのなら余計に放り出すわけにはいかなかった。

「しばらくはここにいなさい」

「……いいの？」

「ええ、その代わり角は隠してもらうけど――」

一度言葉を切ったカレンは、シオンに探りを入れるような視線を向けた。

「そうね……あなたのギフトで何とかできないかしら？」

「ん、それなら大丈夫」

カレンの奇妙な態度を疑うこともなく、シオンは自慢げに自身の角を撫《な》でる。

すると不思議な現象が起きた。空気に溶け込むようにして角が消えてしまったのだ。

「なる、ほどね……」

カレンは得心と驚愕《きょうがく》が混ざった複雑な表情をする。

そんな反応に気づかず、シオンは悪戯《いたずら》が成功した子供のような笑みを浮かべた。

「シオンのギフトは【変化】なんだ。触れた物を〝変質〟させる能力を持ってる」

「……へぇ、便利なギフトを持ってるじゃないの」

カレンはソファに身体《からだ》を深く沈めると、気持ちを入れ替えるような嘆息を一つ。

再びシオンに視線を向けた時には、先ほどまであった迷いが消えていた。

「それなら魔族と間違われることもないわね」

特徴的な黒の前髪は隠せていないが、髪色程度ならどうとでも言い訳ができる。

角さえ隠すことができれば魔族の見た目は人間と変わらない。

これなら〈灯火の姉妹《ヴィルート・シュヴェスター》〉で自由に過ごさせても大丈夫だろう。

言動と行動に気をつければ、シューラーたちも不自然に思わない。

一番怖いのは魔法協会にシオンの存在が発覚すること――でも、軟禁状態にするのは気が引けるので、角を隠すことができるのは僥倖《ぎょうこう》だった。

「さっきも言ったように、うちでしばらく過ごせばいいわ」

「感謝する」

と、シオンが頭を下げれば彼女のお腹《なか》が可愛《かわい》らしい音を奏でた。

腹を撫でた後に、少し困ったような表情で周りにいる者たちを見る。

「……すまない」

「いいわよ。きっと何も食べてなかったんでしょうね」

カレンは笑って許してから、入口に控えていたエルザに目配せする。

エルザはそれだけでカレンが何を言いたいのか察して、すぐさま行動に移った。

「シオンさん、お食事を用意しましょう。こちらへどうぞ」

エルザは応接室の扉を開けてシオンに退出を促す。

「本当に……いいのか？」

遠慮がちに確認するシオンを微笑《ほほえ》ましく思えたのか、エルザは笑みを浮かべて頷《うなず》いた。

「はい、お食事の後でも話の続きはできますので大丈夫ですよ」

「わかった。なら、ご馳走《ちそう》になるとしよう」

シオンが足取り軽く部屋を退出していく。

部屋に残されたのはアルスとユリア、そしてカレンの三名だ。

誰が先に喋《しゃべ》るのか——カレンとユリアが互いに目配せして譲り合っている。

妙な噛《か》み合い方をしているせいで、奇妙な静寂が室内に訪れてしまう。

そんな二人を見かねて、最初に口を開いたのはアルスだった。

「シオンと知り合いだったのか？」

直球の質問にカレンは微苦笑を浮かべると頷いた。

「ええ、ギフトも同じだったから……間違いないと思う」

何度か探りをいれていたのは、知り合いかどうかの確認をしていたようだ。

「……シオンはあたしの知り合い――ううん、大事な友人だったわ」

憂鬱そうに嘆息したカレンは窓に目を向けた。

陽《ひ》が沈もうとしていた。もうすぐ歓楽区特有の喧噪《けんそう》がやってくる。

しかし、今日に限っては〈灯火の姉妹《ヴィルート・シュヴエスター》〉は定休日のため喧噪とは無縁だった。

だから、応接室だけじゃないだろう。

世界から切り離されたような静寂は酒場全体を包み込んでいるはずだ。

「……あの日も今日みたいな綺麗《きれい》な茜色《あかねいろ》だったわ」

魔法都市に来たばかりの頃は右も左もわからなかった。

期待に導かれて、好奇心で彷徨《さまよ》い続け、行き先わからずも無邪気に走り続けた日々。

そんな未熟で甘ったれなカレンが、シオンと出会ったのはこんな夕暮れ時だった。

＊

カレンが魔法都市を初めて訪れたのは三年前のことだ。

アース帝国の脅威からヴィルート王国を救うため魔法を学びにやってきた。

実はそれは彼女にとっては建前で、本音は面白おかしく自由に生きるためだ。

だから、カレンは魔法都市という存在を最初から全力で楽しもうとした。

巨大な正門を見て心を震わせ、王都よりも人の往来が活発な大通りを見て興奮する。


——魔法都市には全てがあった。


だから目に映るもの、聞くもの全てが新鮮で、カレンは自分の知らないことであれば何にでも興味を示した。同時に王女だった頃の癖が悪いほうへ作用することになる。

つまり、カレンはどうしようもないほど世間知らずだった。

「うぁー……お財布すられたー!?」

身体中を叩《たた》いて探してみるが、残念ながら財布は見つからなかった。

知り合いのいない街で無一文。絶望的な状況にカレンの顔から血の気が引いていく。

あとからエルザが合流することになっているが、それでも数週間後、下手をしたら一月《ひとつき》というのもありえた。

果たしてそれまで一人で生きていけるかといえば――、

「無理よぉ。どうしよう……どこかで落としたのかなぁ……」

項垂《うなだ》れたカレンの足取りはゾンビのように重い。

今夜の宿代すらないのだから当然だった。

しかも、財布を探し回ったせいで、今どこを歩いているのかすらわからない。

だから、治安が悪い場所に足を踏み入れたことにすら気づいていなかった。

『お嬢ちゃん、こんなところで一人は危険だねぇ』

と、声をかけられて、ようやくカレンは自分が危険な場所に入ったことに気づいた。

先ほどまで大勢の人が周りを歩いていたはずだが、今は細い路地裏のような場所で怪しい男が目の前に二人いるだけだ。

まずいと思って道を引き返そうと後退《あとずさ》るも、後ろにもまた二人の男が現れて逃げ道を塞がれてしまった。

「あら、おじさんたち、あたしに用でもあるのかしら？」

カレンは努めて明るく声をだす。

何が狙いなのかわからないが、弱気な態度を見せたら一気に押し切られるだろう。

状況こそ違うが他国の外交官などを相手にする時のような緊張感に似ていた。

この辺りの処世術は王宮にいた頃に培っている。

大丈夫、上手《うま》くやれば切り抜けられると、カレンは心の中で自分に言い聞かせた。

『可愛い顔してるから、おじさんたちと遊んでもらおうかと思ったんだ』

愛《いと》しい姉ほどではないが、カレンは自分の容姿を美しい部類に入ると自覚している。

政治的思惑も多少はあろうが、王宮で過ごしていたときも貴族の子息や、その親から容姿を褒め称《たた》える手紙が頻繁に届いていた。

さすがに、眼前の男のように下心丸出しで声をかけてくる者はいなかったが、

「残念だけど、知らない人と遊んじゃ駄目って、お姉様に言われてるからやめておくわ」

適当にあしらって包囲網から抜けだそうとしたが、あっさりと距離を詰められて隙間がなくなってしまう。これはもう魔法を使うしかないとカレンは判断した。

しかし、こんな腐った場所であろうとも、ここは有名な魔法都市だ。

路地裏を住処《すみか》にする連中であっても、無能ではない魔導師の可能性が高い。

果たして上手く切り抜けることができるか、カレンは息を吐き出して覚悟を決める。

「退《ど》かないなら燃やすわよ？」

『いいねぇ。お嬢ちゃん、熱烈すぎておじさん興奮しちゃうよ』

よだれを垂らしながらニチャニチャと口内で舌を鳴らして男は笑う。

その鼻息は興奮しているのか荒々しく、失った前歯の隙間から漏れ出る吐息はひどい臭

いだ。鼻腔《びこう》を刺激する悪臭にカレンが眉を顰《ひそ》めると、気色の悪い男の一人が腕を伸ばしてきた。

「警告はしたわ。燃やしてあげる」

『ひひ、お嬢ちゃん、その生意気な顔をぐちゃぐちゃにしてあげるよ』

「やれるもんならやってみなさいよ」

『隙だらけ、駄目だねぇ。ちゃんと注意しなきゃ、魔法都市じゃ生きていけないよ』

あっさりとカレンの腕を摑《つか》んだことで男が下卑た笑みを浮かべる。

しかし、カレンは驚異的な力で――、

「あんたこそ、相手をよく見て絡みなさい。死ぬわよ？」

ギフト【炎】に授けられた能力〝火力〟で男の手を引き剝がす。

更に勢いをつけて男の鼻面に拳を叩きつけた。

『んブッ!?』

白眼《しろめ》を剝《む》いた男は鼻血を噴き出して、そのまま仰向《あおむ》けで地面に倒れる。

一人の男の無力化に成功したが、残り三人の男は怯《ひる》むことなくカレンとの距離を詰めてきた。だが、カレンは倒した男の隙間から包囲を抜け出して、両手を頭上に掲げる。

「灼熱《しやくねつ》の王よ　我が前に現れよ　我が敵を滅却せよ　我が願いを――んぅっ!?」

詠唱に集中していたカレンは、あっさりと前歯のない男の手に口を塞がれてしまう。

経験不足。カレンが選んだ魔法は高い集中力が必要で、同時に長文詠唱でもあった。対魔物ならともかく、対人戦で尚且《なおか》つ数が劣っている状況での使用は悪手だ。

さらに背後から別の男が腕を伸ばしてきて、カレンは羽交い締めにされてしまう。

『お嬢ちゃん良いことを教えてやる。詠唱ができなきゃ魔導師なんて怖くないんだよ』

ひっひっ、と声を引き攣《つ》らせながら笑う前歯のない男は、

『哀れ 嘆く その身は既に掌握されている――〝水縛鎖《ハイドロリキッド》〟』

大地から溢《あふ》れた水の鎖がカレンの全身に巻き付いていく。

『お嬢ちゃんのギフトは赤系統だろう？　髪の色や眼の色からすると【火】かな？　そうすると、さっきの怪力を見るに能力は〝火力〟ってところだな。そんなもん弱点系統で封じちまえば怖いことはない』

魔法は、白、黒、赤、青、黄、緑、橙《だいだい》、七系統の属性に分類されている。

その中でも優劣は存在しており、赤系統は青系統に弱い――つまり【火】は【水】を相手にすればその威力を十分に発揮することは敵《かな》わず、【風】は【火】を相手にすれば封じるどころかその力を増してしまう状況にも陥るのだ。

『ちゃんと、おじさんのギフトを確認しておくべきだったね』

カレンの口から手を離した男はひび割れた唇を舐《な》める。

『さあ、おじさんたちと一緒に楽しもうか。ひゃひゃ、久しぶりに女の肌を味わえるよ』

全身に巻き付いた水の鎖のせいで、どれだけ力を込めても指一本動かせない。

弱点属性では力を発揮できないというのも、あながち嘘《うそ》ではないようだった。

拘束されて絶望的だが、それでもカレンは諦めることなく危機的状況の打開を目指す。

男たちの下劣な視線に耐えながら、カレンは冷静に対処しようとしていたが、

「ひっ」

スカートの中に男の手が伸びてきた時は、さすがに悲鳴を抑えきれなかった。

その反応が嗜虐《しぎゃく》心《しん》を煽《あお》ったのだろう。興奮した男たちが雄叫《おたけ》びをあげる。

『そんな声をだされちゃ我慢できるわけねえだろうが！』

前歯のない男がカレンのスカートの裾を無造作に掴んできた。

『お嬢ちゃん、死ぬまで可愛がってあげ――ッ!?』

「い、いや――……へっ？」

悲鳴をあげかけたカレンだったが、唐突に目の前から前歯のない男が消える。

次いで大きな衝撃音が聞こえて、目を向ければ壁に衝突して気を失う男の姿があった。

「なにが……えっ？　あなたは――」

状況が呑《の》み込めないカレンの前に、いつの間にか美少女が立っていた。

「大丈夫？」

夕陽《ゆうひ》を浴びた桃色の髪が深紅のような輝きを帯びている。

その表情は大胆不敵、薄暗い路地裏であっても魅力的な美貌が損なわれることはない。

なにより、

——本物だ。


カレンは魔法都市で初めて本物の魔導師に出会えたと思った。

厳密に言えば何度も魔導師には会っているが、本物と呼べるほどの風格を備えた者と出会ったのは彼女が初めてのことだった。

「少しだけ待ってて、すぐに終わらせるから」

彼女が言った通り一瞬だ。

カレンは彼女が何をしたのか全く理解できなかった。

まさに閃光《せんこう》のごとく圧倒的な力で、ならず者たちを叩き伏せたのだ。

ただ一言——強い。

そう思えたのは姉のユリア以来かもしれない。

本物が現れたのだと、自身が危険な状況だったことも忘れて彼女を見つめ続けた。

「アタシの名前はシオン」

それは忘れもしない衝撃的な出会いであり、カレンの大事な思い出だ。

第二位階〝熾位《セラフィム》〟、二十四理事《ケリュケイオン》の一人――シオンとの出会いだった。

「シオンは恩人なのよ。右も左も知らないあたしに色々と教えてくれた」

シオンとの出会いを話し終えたカレンは、冷めてしまったお茶を一気飲みする。

勢いよく喉を潤したカレンは、黙って話を聞いていたユリアとアルスを順番に見た。

「だから、あたしはシオンを助けないといけない。返しきれない恩があるもの」

「話を聞く限り、シオンは昔から魔族だったわけじゃないんだな？」

人類の敵とまで言われてる魔族が、魔法都市の二十四理事《ケリュケイオン》になれるはずがない。

「ええ、人間だったわ」

「それが本当なら、シオンは禁忌を利用して魔族になったということになる」

アルスは幽閉されていた時に、人間が〝魔族〟に至る方法を聞いたことがあった。

魔物が〝失われた大地〟の瘴気《しょうき》を浴び続けたことで、魔族に進化したのは誰もが知るところである。そして、人類を大陸北部から追い出した強大な力、それを利用しようとする者が現れるのもまた必定だった。

とある国家の支援を受けた研究者たちが、魔物を進化させる瘴気に目をつけた。

そして、彼らは魔物ではなく、人間を使った実験を開始する。

ほぼ全ての実験が失敗したが、その犠牲となったのは極刑を受けた犯罪者ばかりだったので、ほとんどが明るみに出ることはなかった。そこから更に多くの犠牲者をだしながら実験は繰り返されて、やがて研究者たちは人工的に魔族を創り出すことに成功する。

後に〝魔族創造〟と呼ばれる禁忌を生み出したのだ。

その後も実験は幾度となく行われ、成功例も増えたが様々な欠点が明るみに出て、最終的に甚大な被害をもたらしたことから、三大禁忌の一つに数えられるようになった。

「シオンは二十四理事《ケリュケイオン》にしては珍しく品行方正で清廉潔白だった。だから自ら魔族になったなんて考えられないわ」

「なら、誰かに人造魔族化させられたということになりますが……」

これまで黙って話を聞いていたユリアが続けて言葉を紡ぐ。

「もしかしたら、そのせいで記憶を失ったと考えられませんか？」

「たしかに……お姉様の言う通り、その可能性は高いかもしれないわ」

〝魔族創造〟は未《いま》だ廃れておらず根強い信者がいると聞いている。

この世界では力を求める者が多い。

秘密裏に実験を続けている者がいたとしても不思議ではなく、三大禁忌に指定されているので研究成果が表にでてくることもない。

「まずは情報収集ね。心当たりがいくつかあるから、そのあたり探ってみるわ」

「私も手伝いますよ。シューラーさんたちを動かすわけにはいかないでしょうし」

シオンが人造魔族だったとしても、魔族なのは変わりない。

それを匿《かくま》っているのは間違いないのだ。魔法協会に知られると不味《まず》いことになる。

もし万が一明るみに出た時、事情を知らずにいたら連帯責任を免れるかもしれない。

だから〝ヴィルートギルド〟のシューラーたちを、今回の件に巻き込みたくなかった。

それにシオンが人造魔族という情報を知る者が、少なければ少ないほどカレンたちが動きやすくなるのも確かなのだ。

「なら、お姉様はエルザと一緒に人造魔族のことを探ってちょうだい」

「もしかして、エルザもシオンさんのことをご存じだったんですか？」

「うん。顔見知り程度だと思うけど、何度か挨拶ぐらいはしていたはずよ」

だからエルザに、シオンを食堂に案内させたのだ。

ある程度の事情を知っているエルザには後でまとめて話すことにして、何も知らないアルスとユリアへの説明をカレンは優先したのである。

「なら、私から今回話し合ったことは伝えておきます。こちらのことは任せてください」

ユリアが引き受けたとばかりに胸を叩《たた》いて大きく揺らした。

カレンは生唾を飲み込みながら、激しく揺れる姉の巨乳を羨ましそうに眺める。

そこで話に介入する頃合いを見計らっていたアルスが言葉を紡いだ。

「それでオレはどうすればいい？」

「アルスも手伝ってくれるの？」

「当然だろ。居候の身なんだ。ここで少しでも恩を返しておくとするよ」

アルスが冗談交じりに言えば、カレンは困ったような曖昧な笑みを浮かべた。

「それは助かるけど……無理しなくてもいいのよ？　アルスは目指すべき場所があるんだから……もし今回の件が明るみに出たら、魔帝が遠のくかもしれないわよ」

「そうなったときはそうなったでいい。そもそも今でさえ一番下の第十二位階〝王位《レガリア》〟なんだぞ。ここから多少遠のいたところで気にするほどの距離じゃないさ」

アルスは楽しげに笑ってから肩を竦《すく》めた。

「それにシオンを連れてきたのはオレだ。最後まで責任はとるつもりだよ」

奇妙な言い回しにカレンは首を傾《かし》げたが、それほど気にするようなことでもなかったのと、アルスらしい理由だったので納得したように頷《うなず》いた。

「なら、アルスはシオンの様子を見ていてもらえるかしら？」

「カレンがついておかなくてもいいのか？」

「私もカレンが一緒のほうがいいと思いますけど……なにかの拍子で記憶を取り戻すかもしれませんし」

ユリアもアルスの言葉に賛同したが、カレンはあっさりと首を横に振った。

「それなのよ。きっとあたしは期待してしまう。無理に記憶を思い出させようとはしないけど、無意識に期待して記憶を呼び起こそうとすると思うの」

「自然に思い出してもらうため……余計なプレッシャーをかけたくないというわけですか、それでアルスに任せるということですね」

「そういうこと、だからアルスに任せたいんだけど大丈夫？」

「ああ、任せてくれ。最近のオレはカレンに色々と教わってきたからな」

「ふふっ、免許皆伝も遠くないかもね。期待してるわよ」

カレンが嬉《うれ》しそうに微笑《ほほえ》むと、アルスは自信満々に胸を叩いた。

「師匠に恥をかかせないさ。泥船に乗ったつもりで任せてくれ」

「ええ、存分に沈んで溺れなさい。人間は失敗してこそ成長するのよ」

笑いを堪《こら》えながら答えるカレンを見て、ユリアが深いため息をついた。

「はぁ……カレンのせいでアルスが間違った知識ばかり身につけて困ります」

そんなユリアの嘆きを前にして、二人は固い握手をするのだった。

＊

魔法協会の広大な支配領域は十二人の魔王によって分割統治されている。

それぞれの支配地は一つの国家といっても過言ではない。

同じ魔法協会に所属する魔王の領地であろうが攻め込む好戦的な魔王もいる。

だから、魔王同士の小競り合いは日常茶飯事だが、本格的に事を構えることは少ない。

なぜなら、魔法都市を運営する二十四理事《ケリュケイオン》が必ず仲裁に入るからだ。

毎日のように魔王たちが起こす問題に、二十四理事《ケリュケイオン》は頭痛を堪えながら対応している。

そんな問題ばかりの魔王の一人が治める〈星が砕けた街《エスペシアル》〉と呼ばれる大都市が存在する。

この街は魔王の中でも一番の問題児――グリム・ジャンバールが支配していた。

中央にある白亜の宮殿は高い空に浮かんだ太陽の光を強く反射している。

目映《まばゆ》いほど輝く白き宮殿は観光名所の一つであり、その美しさをひと目見るために他国からわざわざ足を運ぶ者も多い。

故に城下町は活気に満ちている。

大通りを行き交う人々の顔には笑みが浮かび、露天商は懸命に客寄せをしていた。

中には急ぐ者たちが肩をぶつけあったりもしているが、そこに罵声はなく互いに軽い謝罪で済ますという平和な時が流れている。

問題児と言われる魔王が支配しているにしては、意外にも民の幸福度が高い統治をしているようだ。しかし、今はその魔王グリム・ジャンバールも留守にしており、現在街の統治を代行しているのはグリムの一翼を担う――クリストフ・カップーロである。

『クリストフ様、リベルが目覚めました』

緊張した声が扉から聞こえてきたことで、クリストフは作業をしていた手を止めた。

眼鏡の位置を整えると煩わしそうに口を開く。

「リベルとは誰だい？　僕の作業を止めるほどの重要人物なのか？」

不機嫌な声音に、扉の向こう側にいる部下が恐怖で強張《こわば》る気配を滲《にじ》ませた。

『リベルは〝黒猫〟の情報を握る少年と接触した者です。魔力が枯渇して気を失っていましたが、先ほど目を覚ましたのでお報《しら》せにきました』

「ああ……そうか。そうだったね。それで、連れてきてるのかい？」

『はい、隣にいます。入ってもよろしいでしょうか？』

「いいよ。入ってくれ」

クリストフは作業机から離れると、部屋の中央に置かれたソファに足を進める。

途中で何かを思い出したのか、部屋の隅に向かって紅茶セットを手にとった。

その間にも部下たちが部屋に入ってきて、ソファの近くで直立不動になっている。

そんな二人に眼《め》をやるとクリストフは優しげに微笑んだ。

「気にせず座ってくれたまえ」

『はっ、失礼します！』

『し、しつれいしますっ』

緊張した様子で二人がソファに座った。

その対面に腰をかけたクリストフは手早く紅茶を作って二人の前にカップを置く。

「僕の自信作だ。飲んでみてくれ」

両手で飲むように促すと慌てて二人が紅茶を一口。

その様子を満足そうに眺めたクリストフは紅茶の香りを楽しむ。

「それで……どっちがリベルなのかな？」

『わ、私です』

「そうか、話してくれたまえ。簡潔に頼むよ」

『はっ。少年は黒髪で朱黒妖瞳《オッドアイ》。ギフトはおそらく緑系統です』

他の部下と変わらない情報量だ。クリストフは落胆しかけたが、まだ言いたいことがありそうだったので顎を振って続きを促した。

『少年は奇妙なことを言ってマシタ。単に耳がいいだけのギフトだト』

「ふむ、正体を悟らせないために、無能ギフトだと言いたいのかもね。嘘《うそ》の可能性は高いけど一応は調べてみるか……ふふっ、耳が良いだけか、面白い冗談だ」

紅茶を飲まずに、香りだけを楽しんだクリストフはカップをソーサに置いた。

それから極度に震えているリベルの様子を窺《うかが》う。

『そうデす――ッァ!?』

『おっ、おい、急にどうぉ――ァ!?』

リベルがソファの上で激しい痙攣《けいれん》を起こし、隣にいた部下もまた胸を押さえて蹲《うずくま》る。

そんな唐突な出来事にも拘《かか》わらずクリストフは落ち着き払っていた。

当然だ。この状況を作り出したのは彼自身なのだから。

「やっぱり……失敗だったか、うまくいかないものだね」

ソファで足を組んだクリストフは、不気味に変形していく部下たちを眺める。

そんな彼に部下が血走った目を向けてきた。

『く、く、く、クリスとふ、サマァ、一体ナニヲ!?』

「お前たちが飲んだ紅茶に〝覚醒薬〟を混ぜてみたんだ。人体に影響がでないように薄めたつもりなんだけど失敗しちゃったね。申し訳ない、せっかく実験台になってもらったのに無駄死にしてもらうことになったよ」

言葉の割には悪びれた様子もなく、クリストフは感情の灯《とも》らない瞳で、言葉すら発せられなくなった部下――肉塊が不気味に蠢《うごめ》く様をジッと見つめる。

「臭いはすごいし、ひどいなこれは……まったく美しくない」

嘆息したクリストフは立ち上がると、耐えきれないとばかりに部屋から退出する。

「ああ、そこの……ちょっと来てくれ」

廊下にでると、近くを歩いていたシューラーを呼び寄せる。

クリストフは名前を覚えるのが苦手だ。というよりも、実験素材《モルモット》になるかもしれない連中のことを、いちいち覚えるのは無駄なことだと思っていた。

『はっ、何用でしょうか?』

直立不動で指示を待つシューラーに、先ほどでてきた部屋を親指で指し示す。

「この部屋を焼却処分しておいてくれないか、中に入るときは気をつけるように、空気が汚染されている可能性があるからね。一応は防護服を着てから作業をするといい」

『わ、わかりました。すぐに浄化作業の準備を行います。そのあとは部屋を造り替えるのでよろしいですか?』

「そうだね。僕は自室に戻っているから、ゆっくりやってくれたまえ」

と、言ってからクリストフは去ろうとするシューラーを呼び止める。

「ああ、待ってくれ。もう一ついいかな」

『なんでしょうか?　なんなりとご命令ください』

「暇な連中に黒髪の少年を探すように言ってるんだけど、新たな条件を伝えておいてくれないかな」

シューラーが頷くのを待ってから、クリストフは口を開いた。

「単に耳が良いだけのギフトを持つ者を探せ。嘘か真《まこと》か知らないけどね。とりあえず、魔法都市を中心に捜索するように伝えておいて、それじゃ頼んだよ」

『かしこまりました』

頭を下げるシューラーに後ろ手を振りながら、

「〝黒猫〟が戻ってきたらどうしようか……珍しい成功例だったからな」

次はどんな研究をするべきか、クリストフの関心事はそれだけだ。

先ほどの失敗はもはや頭の片隅にも残っていない。

彼にとって仲間とはただの駒であり、実験動物にすぎないのである。

＊

今後の方針を定めたアルスたちはホールに足を運んでいた。

本日の〈灯火の姉妹《ヴィルート・シュヴエスター》〉は定休日だが、遠征帰りとあって店内には多くのシューラーたちの姿がある。彼らはそれぞれテーブルの席について、並べられた食事に舌鼓を打っていた。定休日や開店時間前などはホールを自由に使っても良いとされていて、代金を支払うなら酒を飲むことも可能だ。

そんな賑《にぎ》やかになったホールの一角に、奇妙な光景を作り出す女性が一人いた。

「…………すごいですね」

「そうだな」

ユリアが瞠目《どうもく》して呟《つぶや》いた万感の想《おも》いに、アルスも反応して頷いた。

それぐらい目の前の光景が驚くべきことになっていたからだ。

空になった皿がテーブルの上に山積みにされている。

その中央にいるのはシオンであり、かろうじて首から上が見える程度に埋もれていた。

口が膨らんでいるところを見ると、まだ食べ続けているのだろう。

「………相変わらずねぇ」

呆《あき》れたように言ったカレンだが、目尻を和らげて優しげな表情をしていた。

「昔からよく食べてたのか？」

「ええ、どこに入るんだってぐらい食べるのよ。記憶を失っても変わらない部分があると安心するわね」

シオンを微笑ましそうに眺めた後、各々も食事をするため好きな席に座った。

「お話は終わったようですね。すぐに料理をお持ちいたします」

エルザが現れるなり山積みになった皿を処理して、追加の食事を次々と運び始める。

湯気を漂わせたスープが食欲を促進しつつ、肉を中心に彩られた料理の数々は垂涎《すいぜん》もので、どれもこれも本当に食べるのが楽しみな一品ばかりであった。

食事を運び終えたエルザが席につけば、アルスたちも食事を始める。

ちなみに準備をしている間もシオンの手は止まらず、頬は常に膨らんだ状態であった。

「そういえば……角は大丈夫だとして、シオンさんは魔獣化を操作できるんですか？」

魔獣化とはシオンが最初に〝黒猫〟だった時の状態を指す。

魔物から進化した魔族は元々の姿に戻れる者が大半なのだが、感情の高ぶりなどで正常な判断ができなくなると、形態変化を制御できず魔獣化してしまう者が多い。

しかも、魔獣形態は全身が漆黒なので、見ただけで魔物か魔族だと正体が看破される。

人造魔族もその点は魔族と同じだ。故にユリアの質問はそれを危惧しているのだろう。

もし制御できないのであれば、人がいる場所で行動するのは危険だからだ。

「ご飯もいっぱい食べた。魔力も安定してるから大丈夫だと思う。シオンの場合は自由に形態変化できるけど、弱っていると制御ができなくなって魔獣化する」

「弱っているときにですか……」

「お姉様、なにか気になることでもあるの？」

「いえ、だったら、なぜ――魔獣化から人型に戻れたのか気になりまして……」

「ああー……確かにそうね」

アルスが連れてきたときのシオンは気を失って魔獣化していた。

つまり弱っているか、もしくは衰弱状態だったということだろう。

しかし、何もしていないのに、シオンは人型に戻ってアルスと自己紹介を交わすほど元気を取り戻していた。それに今も食事を大量に摂《と》っているのだから、体力が回復しているのは間違いないだろう。

「それについてはシオンもわからない。目覚めたとき人型になれる気がしたんだ」

食事に満足したのか、椅子の背もたれに身体《からだ》を預けてシオンは言った。

そんな彼女を見ながらユリアが小首を傾《かし》げる。

「シオンさんは……今は角が隠れていますけど、二本だったということは上級魔族——人造魔族ではありますが、〝鬼人《オグレス》〟に分類されるということでいいんでしょうか？」

魔族には三つの階級が存在する。

一つ目が小鬼《インプ》。

小さな一本角を持ち、魔物だったときの習性が強く残っていて知能が軒並み低く、その体型も大型であったり小型であったりと様々な下級魔族だ。

二つ目が大鬼《オーガ》。

長い一本角を持ち、人に近い姿をしているが魔物の頃の造形に寄っている。

その性格は獰猛《どうもう》であり知能も高い。そのため戦闘能力が非常に高く、小鬼《インプ》を従えて群れを作ったりして、人間の営みを模倣しているのが中級魔族だ。

最後が鬼人《オグレス》。

二本の角を持ち、体型なども人間と同程度で、姿形からでは見分けがつかない。

数は小鬼《インプ》や大鬼《オーガ》よりも少ないと言われているが、正確には把握できていない。

なぜなら〝失われた大地〟の奥深く、高域から深域を主に生息域としているからだ。

ごく稀《まれ》に村や町を襲撃したり、国さえも滅ぼす力を単体で有していることから、天災のような扱いになっており人々から非常に恐れられている。

その戦闘力を魔物で例えれば討伐難易度Ｌｖ．８以上、故に魔族は問答無用で処刑――魔族排除規定という国際法が世界中の国家で可決されている。そのため魔族は見つけ次第、絶対に殺さなければならないというのが世界の常識になりつつあった。

「その認識でいいと思うわよ。人造ってついてるけど、魔族なのは変わりないもの」

「へえ、鬼人《オグレス》は魔物で言えば討伐難易度Ｌｖ．８以上だったか……」

カレンの言葉に反応して、興味を持ったアルスはシオンに視線を向けた。

「もし、シオンがよければ明日〝失われた大地〟に行かないか？　鬼人《オグレス》の強さもそうだが、ギフト【変化】には、どんな魔法があるのかも興味があるんだ。見せてくれ」

「別に構わない……けど、おとなしくしてたほうが都合が良いんじゃないのか？」

アルスの誘いにシオンは了承するが、自身の存在が迷惑をかけていることは重々承知しているようで、カレンたちの様子を窺うように視線を巡らせる。

「それに……シオンを狙っている者たちがいるんだろう？　迷惑をかけると思う」

シオンが不安そうに言い終えれば、カレンが食事の手を止めて黙考した。

「ンー……いいわよ。行ってきなさい。角さえ隠していれば問題ないわ」

あっさりとカレンは許可をだした。

シオンに記憶を取り戻させるためにも、多少の危険はあろうが〝失われた大地〟に行ったほうがいいとカレンは判断したのだろう。

だが、念のためアルスはもう一度だけ確認しておく。

「本当にいいのか？」

「アルスと戦った連中は名乗らなかったんでしょ。なら、やましいことをしているって自覚があるのよ。それに魔族に関することだから相手も慎重になってるはず、それでも襲ってくるような馬鹿なら捕らえて口を割らせればいいわ」

「そういうことなら、任せてくれ」

「ついでに竜の街にも寄ってきたら？　アルスの武器も修理が終わってるんじゃない」

「そうだな。一度見に行ってみるか……ユリアも来るか？」

「一緒に行きたいんですが、明日はエルザと行くところがありまして……非常に残念なんですけど次の機会にお願いします」

早速、明日からカレンと約束した人造魔族に関する情報を集めるつもりなのだろう。

「あたしもパスね。それと、もし〝失われた大地〟に行くんだったら、何人かシューラーを連れていったほうがいいわよ。アルスが狩りをするなら〝運び屋《サポーター》〟も必要になるだろうからね」

遠征以外でも〝ヴィルートギルド〟のシューラーたちは、仲の良い者たち同士でパーティーを組んで〝失われた大地〟を探索している。

パーティーにはアルスも何度か誘われたことがあって、特に強い魔物と戦うわけではなく、遠征と違って緊張感も少ない。パーティーは和気藹々《わきあいあい》と探索を楽しむほうに重きを置いており、同時に金策もできるとあってアルスは結構好んで参加していた。

「暇そうな奴《やつ》がいたら声をかけてみるよ」

「だったら、あの娘《こ》たちがいいかもね。明日パーティーを組んで低域に行くらしいわ」

カレンは首を巡らせると、ある一組の席で目を留めた。

三人の女性が静かに麦酒を飲んでいる。時折、楽しげに笑っている声が届いてきた。

「グレティア～！　ちょっとこっちに来てくれない？」

カレンが大声で呼べば、おっとりとした眼《め》をした女性が、大きな胸を揺らしながらアルスたちの席までやってくる。

「レーラー？　どうしたんです？」

彼女は一月ほど前に〝シュッドギルド〟の襲撃を受けて重傷を負った。

瀕死《ひんし》の状態で命が危ぶまれたが、アルスの魔法によって一命を取り留めたのだ。

それ以来、彼女のほうからよく話しかけてくるようになり、何度かパーティーも組んだりして、ユリアたちを除けば〝ヴィルートギルド〟のシューラーで最も仲の良い女性と言えるかもしれない。

「アルスが明日――ここにいるシオンって娘と〝失われた大地〟に行くんだけど、二人だと危険かもしれないし、グレティアたちと一緒に行ったらどうかと思ってね」

「えっ、いいんですか!?」

「そっちも予定があるだろうし、迷惑なら断ってもらっても構わない」

驚くグレティアにアルスが言えば、彼女はブンブンと首を横に振った。

「いいえ、迷惑だなんて……少し探索するだけの予定でしたし、アルス様にご助力をいただけるなら大歓迎です！　むしろ一緒に冒険に行っていただけるだけで嬉《うれ》しいです！」

「そうか、なら、明日はよろしく頼む。楽しみにしてるよ」

「はい、アルス様にご迷惑をかけないよう、完璧に、完璧に準備をしておきます！」

勢いよく身を乗り出してくるグレティアに、気負いすぎだと思ったアルスは苦笑する。

それに彼女の傷を治癒して以来、なぜかグレティアを含む一部のシューラーたちから〝様〟で呼ばれるようになった。何度かやめてほしい旨を伝えたのだが、彼女たちは頑《かたく》なに敬称を外さないので、最近ではアルスも諦めて言わないようになっている。

「シオンさんでしたっけ？　明日はよろしくお願いしますね！」

グレティアが声をかけて手を差し出せば、シオンもまた彼女の手を握り返して微笑《ほほえ》む。

「ああ、明日はよろしく頼む」

そんな二人のやり取りを眺めていたアルスたちだったが、

『あんたー!!　また悪酔いして！　そんなに馬鹿がしたいんだったら外で飲みな！』

唐突に怒声が響いてきて、皆の視線はそちらに引き寄せられる。

そこには産休から復帰した肝っ玉かあちゃんのミチルダが仁王立ちしていた。

彼女は右手で首──哀愁を漂わせた夫の中年魔導師バンズを捕まえている。

『ゆ、許してくれ……これは俺が悪いんじゃないんだ。こいつらが脱げって言うから！』

バンズはパンツ一枚の姿で何やら喚《わめ》いているが、他のシューラーたちが呆れたように白い目を一様に向けていた。

『バンズさん、酔ったらすぐ脱ぐからな』

『いつものことだ。気にせず飲もう』

『ミッチーさん、本当にそろそろ本気で怒ったほうがいいですよ？』

口々に好き勝手なことを言うシューラーたちに、バンズが助けを求めるように眼を向けるが、みんな自分が一番可愛《かわい》いので一斉に視線を逸《そ》らした。

『たまには助けろよ！　薄情者どもめ！』

『うるさいよ！　黙って、こっちにきな！』

バンズはミチルダに引きずられて、裏庭に繋《つな》がる扉から外に放り出される。

いつもと変わらない。賑《にぎ》やかで、暖かい夜は更けていく。

第二章　日常

窓から気持ちの良い日差しが部屋に差し込んでいた。

小鳥の囀《さえず》りが【聴覚】を心地良く刺激して、そこに朝の静けさが合わさることで眠気を促進させてくる。だから、あと少しだけと望んでしまうのは人間の性《さが》だろう。

そんな二度寝の魅力に、アルスもまた抗《あらが》うことができなかった。

でも、掛け布団を頭まで被《かぶ》ろうとしたところで違和感に気づいてしまう。

なにやら足下が妙に温かい。もぞもぞと足を動かすと毛玉のようなものが転がった。

正体が気になったアルスは二度寝を諦めて布団を剝がす。

「黒猫…………ああ、シオンか」

黒猫の姿になっているシオンにアルスは腕を伸ばして身体を持ち上げる。

それでもシオンは目を覚まさずに、ぐでーと幸せそうに寝続けていた。

「ヨダレまで垂らして……なんでオレの部屋にいるんだ、こいつ」

昨日の夜——食事が終わった後、シオンはカレンの部屋に連れて行かれたはずだった。

「まあ……いいか」

アルスはあっさりと考えることをやめた。

シオンが起きたら聞けばいいだけの話であったからだ。

しかし、ただ待つのも暇なので、布団にシオンを寝転がせて撫《な》でながら遊ぶ。

その美しい毛並みの感触を楽しんでいると部屋の扉が勢いよく開いた。

「アルス！　シオンいない!?」

入ってきたのは血相を変えた表情のカレンだ。

相当、急いでいたのか息を切らせて肩が激しく上下している。

そんなカレンをアルスはぼけっとした顔で出迎えた。

「ここで寝てるぞ」

仰向《あおむ》けになって眠る黒猫を指させば、カレンの表情は見る見る内に柔らかくなる。

「あー……良かった。急にいなくなるんだもん。本当にビックリしたんだから」

ベッドの縁に腰を下ろしたカレンは、シオンを撫でながら安堵《あんど》のため息を吐き出した。

「それにしても、なんでアルスの部屋にいるのよ」

「さてな。夜中に忍び込んだんじゃないか」

欠伸《あくび》混じりに答えたアルスがベッドの上で胡座《あぐら》をかけば、

「カレン～、シオンさん見つかりましたか？」

ユリアが開いた扉からアルスの部屋の中を覗《のぞ》いてきた。

その紫銀の瞳がカレンを捉えて黒猫を撫でる姿を認める。

するとと安心したような笑みを浮かべて、ユリアもまた部屋に入ってきた。

「無事に見つかったようで良かったです」

ユリアも椅子ではなく、真《ま》っ直《す》ぐにベッドに向かい腰を下ろした。

アルスのベッドは一人用だ。そこに三人と一匹となれば密着することになる。

誰か椅子に座ればいいのでは……と、アルスは思いながら女性陣を眺めていた。

「それでシオンさんはどうしてアルスの部屋にいるんです？」

「聞いて、お姉様！　ひどいのよ、アルスが連れ込んだみたいなの！」

いつものように誇大化癖《こじ》を拗らせたカレンの台詞《せりふ》だ。

彼女の誇大化にかかれば、そこらの平民も今日から勇者になれるだろう。

それぐらいの説得力が彼女の言葉にはあって、一挙手一投足もまた派手なものだから疑うような隙を与えないのである。現にカレンに抱きしめられたユリアは、彼女の背中を撫でながらアルスに疑いの目を向けてきていた。

「アルス……本当なんですか？」

「うん？　よくわからないけど、シオンなら起きたらベッドにいたぞ」

残念ながらカレンの誇大化もアルスには通用しない。

普通であれば動揺するような場面であっても、アルスは堂々と隠すことなく真実を話してしまう。アルスが慌てることはない。やましいことであろうとも、あっさり認めてしまうのがアルスという男――つまりカレンの誇大化とは、すこぶる相性が悪かった。

「カレン……あなたはどうして、いつもいつも小さなことを大袈裟《おおげさ》にするんです」

「真実をちょっとだけ想像で補完しただけじゃない」

ユリアが咎《とが》めても反省する様子はなく、カレンは明後日《あさって》の方向を向いて口笛を吹く。

そんな朝から騒がしい三人の間で黒い塊が身動《みじろ》ぎした。

「……お前たちはいつも朝からこんなに騒がしいのか？」

猫の姿で器用に欠伸をしたシオンは、前足を舐《な》めると洗うように顔をこすり始める。

「まあ、いつものことだな」

アルスは苦笑で応えた。いつもと変わらないのだから仕方がない。

魔法都市に来てからというもの、アルスの朝はこのように騒がしい。

普段ならシオンの立場がユリアかエルザに入れ替わる。

それからカレンが揶揄《からか》って騒ぐというのが日課のようなものになっていた。

そして、こういう時は必ず――、

「朝食の準備ができています。皆さんいつまで遊んでいるのですか？」

入口に目を向ければエルザが立っていた。いつもと変わらない無表情だ。

けれど、身に纏《まと》う雰囲気で何を思っているのか察することは容易《たやす》い。

「では、私は着替えてきますね」

触らぬ神に祟《たた》りなし、ユリアが真っ先に部屋をでた。

「ほら、シオン、人型に戻ってよ。そのままじゃ部屋に戻れないじゃない」

「ん、了解した」

空気を読んだか、あっさり人型に戻ったシオンを連れてカレンも部屋をでていった。

「アルスさんも着替えたら降りてきてください」

「わかった。呼びに来てくれてありがとうな」

お礼を言えば、エルザは口角を緩めて小さく頭を下げると階下に向かった。

*

〈灯火の姉妹《ヴィルート・シュヴエスター》〉の裏庭にある井戸の水で眠気を飛ばしたアルスは、訓練を行うシューラーたちと挨拶を交わしながらホールに向かった。

ホールには数名のシューラーが席について朝食をとっている。

厨房《ちゆうぼう》から料理長ミチルダの料理を運んでくるのは今日の当番のシューラーたちだ。

ホールを満たす香ばしい匂いに食欲を刺激されながら、アルスは周囲を見渡すとシオンが大人しく席に座っている姿を発見した。

「カレンたちはまだか？」

「色々と準備があるんだそうだ。ユリアに手伝ってもらってた」

「いつもならもっと早くから準備してるんだろうが、今日はシオンがいなくなって慌ててたようだしな」

「それについては反省している」

「それで、どうしてオレの部屋に来たんだ？」

シオンは自分の立場をよく理解している。昨夜の話でも周囲を気遣う場面は多かった。

そんな彼女がどうして夜中に黒猫の姿で抜け出して、シューラーに見つかる危険を冒してまでアルスの部屋に侵入したのか。

「それはシオンもよくわからない」

小首を傾《かし》げて眉をむむっと寄せる。その表情は本当にわからないと言いたげであった。

「そうか……それなら仕方ないな」

アルスはどうしても理由を知りたいわけではなかった。無言でカレンたちを待つのが嫌なだけだったので、会話の切り出しに使えるなら話題はなんでも良かったのだ。

「次からはちゃんと言ってから抜け出したほうがいいぞ」

「わかってる。もう同じ過ちはしない」

こくり、とシオンは頷《うなず》いた。

次はどんな話をするか考えていると、アルスの視界の端からカレンたちが姿を現す。

「ごめんね。ちょっと髪のセットで手間取っちゃった」

「お待たせしました。もう朝食は済ませてしまいましたか？」

「いや、まだ食べてない。たぶん、そろそろでてくるんじゃないかな」

と、アルスがユリアに返事をすれば、エルザが示し合わせたように厨房から料理を手にやってきた。

今日の朝食は大皿にいっぱいのサンドイッチ。

テーブルに並べられてわかったが、具は様々な物が挟まれている。

瑞々《みずみず》しい野菜、特製のタレが使用された鶏肉《とりにく》、定番の卵まで幅広く、見た目から食欲を大いに刺激する。もちろんエルザお手製ともなれば味は保証されたようなものだ。

「お待たせしました。では、いただきましょう」

エルザの許可がでたことで各々が好きに食べたい物に手を伸ばす。

そんな中でサンドイッチを片手にカレンが質問を投げてきた。

「ねえ、アルス、今日は魔法協会で依頼《クエスト》は受けるの？」

「いや、なにも受けないでおこうと思ってる」

魔法都市の中央にあるバベルの塔で依頼などが発行されている。

魔物の討伐、素材の回収、要人の護衛から赤ん坊の世話まで幅広く取り扱われていた。

期限付依頼から常設依頼まで様々だが、魔導師としての位階を上げると、緊急依頼を受

オーバーラップ文庫&ノベルス NEWS

2303 B/N

けることが可能になる。

　緊急依頼は第一級から第五級まで存在しており、主に特定魔物や魔族の討伐、討伐難易度Ｌｖ．８以上が緊急依頼として発行されていた。

　さらにその上、魔王しか受けられない大罪依頼なんてものも存在するらしい。

　しかし、本日のアルスはただの小遣い稼ぎが目的なので依頼を受けるつもりはない。

「グレティアたちも依頼は受けないって昨日言ってたからな」

「そうなんだ。なら、あんまり無茶なことはしなそうね」

「グレティアたちと何度か一緒に狩りをしたが、そんなに危ないことをするようなパーティーじゃなかったな。どちらかと言えば堅実な進み方をしていたぞ」

「いやいや、グレティアじゃなくて、無茶をしそうなのはアルスだってば」

　苦笑しながら言ったカレンに、不思議そうな顔でアルスは首を傾げる。

「カレンに言われるほど無茶をした覚えはないが……？」

「なに言ってんのよ。珍しい魔物を見たら戦おうとするし、依頼ついでにあれもこれもってどんどん自分から難易度上げていくじゃない」

　カレンが呆《あき》れたような表情で指摘してくる。

「今日は大丈夫だ。日帰りだから、遠征と違って時間も限られてるからな」

「それならいいんだけど……まあ、グレティアたちをあんまり困らせないようにね」

カレンはアルスを怪訝《けげん》そうに見ていたが、朝から説教じみたことを言うのも憚《はばか》られると思ったのか、諦めたように嘆息してからサンドイッチを頬張ると幸せそうな顔を作った。

「うん、やっぱりエルザの作るサンドイッチって特別美味《おい》しいわね」

「ありがとうございます。昼食にいくつか包んでおきましょうか？」

「お願いね。このフルーツが入ってるやつ多めにしてほしいわ」

「お任せください。アルスさんたちは如何《いかが》なさいますか？」

「迷惑じゃなかったら用意してもらえると助かるかな」

アルスはサンドイッチを口いっぱい詰め込むシオンを確認して、改めてエルザを見た。

「野菜やフルーツよりも、肉を挟んだサンドイッチを多めで頼む」

「わかりました。では、少しお待ちください」

エルザは席から立ち上がると、人数分の弁当を用意するために厨房に向かう。

その背を見送ったユリアの視線がアルスに辿《たど》り着く。

「グレティアさんの姿が見えませんけど、一緒に行かないんですか？」

「竜の街の北門で合流することになってるんだ。けど、その前に〈穴熊の巣穴《ダックス・ネスト》〉に寄って修理にだしてる武器を引き取るつもりだ」

ホールに設置されている大時計を見れば、針は九時を指していた。

「集合時間は十時だから、まだ十分に余裕はある」

アルスが視線を戻そうとしたとき、厨房からエルザがいくつか包みを持って出てきた。

彼女はテーブルに辿り着くと昼食の弁当が入った包みを二つ置く。

「お待たせしました。小さいほうはカレン様の分です。大きいほう——アルスさんたちの分は、シオンさんがよく食べますので多くいれておきました。あとはグレティアたちの分も入っています——ですが、もしかしたら自分たちで用意しているかもしれません。その時はシオンさんが全て食べてくれると思いますので問題ないでしょう」

「うん。任せてほしい」

即答したシオンに苦笑しながらアルスは立ち上がった。

「それじゃ、そろそろオレたちはでるとするよ」

「わかったわ。いらない心配かもしれないけど、一応は気をつけてね」

「アルス、危険だと思ったらすぐに帰ってきてくださいね」

カレンとユリアに声をかけられた後に、

「いってらっしゃいませ。無事のお帰りをお待ちしております」

エルザが楚々《そそ》として頭を小さく下げた。

そんな三者三様の見送りに手を振ったアルスはシオンと共に〈灯火の姉妹《ヴィルート・シュヴェスター》〉をでる。

「さて、シオン、こっちだ——って言っても道を間違うことはないだろうけどな」

魔法都市の象徴バベルの塔に行く道を迷う者はいないだろう。

どの道を選ぼうと最終的にはバベルの塔に辿り着くように設計されているからだ。なにより目的地がはっきりと見えるのだから迷いようがない。

天を衝《つ》くように蒼穹《そうきゅう》に伸びた巨塔。

荘厳な空気を滲《にじ》ませて、太陽の光を反射することで神秘的な雰囲気を醸し出している。

そんなバベルの塔が町並みに溶け込むことで生み出される華やかな光景に、思わずアルスは足を止めて眺めてしまう。だが、隣を歩いていたシオンは興味がないようで、きょろきょろと周囲を見やっていた。

「ここは面白いところだ。昨日の夜はうるさかったのに朝は驚くほど静かになった」

「いつもこんな感じだな。夜になると大勢が騒いで、朝になると嘘《うそ》のようにいなくなる」

〈灯火の姉妹〉《ヴィルートト・シュヴェスター》があるのは歓楽区と呼ばれる魔法都市の南側。

子供が一人で出歩くには危険な区域だが、朝は治安悪化を助長させる輩《やから》は眠りについているため、現在は静寂に包まれて平和な空気が流れている。

今は昨夜の騒ぎで汚れた道路を清掃する魔導師や、昨日はお楽しみだったのか、バベルの塔に向かう足取りの軽い冒険者風の人間、殺伐とした雰囲気は微塵《みじん》も存在しない。

けれども、路地裏を覗《のぞ》けばみすぼらしい格好をした連中が、酒瓶などを片手に寝転がっている。そこを気にせず、光が当たる場所だけを眺められるなら歓楽区も悪い場所ではない。

「夜と朝でこれほど雰囲気の落差があるのは、魔法都市でもここだけだろうな」

「アルスはこの場所が気に入っているのか？」

「気に入っているよ。夜の騒がしい空気も、朝の優しい時間も、どれも好きだな」

幽閉されていた頃と比べれば天国のような場所だ。

歓楽区は他の区画と比べて治安が悪く、酔っ払いなどが問題ばかりを起こす。

どうしようもない連中が多いのも確かだが、それでも住民たちが自由に生きている感じがしてアルスは嫌いではなかった。

「そうか……そんな顔をするなら、ここはとても良い場所なんだろうな」

「変な顔でもしてたか？」

「いや、優しい表情をして――あ、あれはなんだ!?　あの屋台が売ってる物だ！」

何やら納得したように頷くシオンだったが、すぐさま食べ物に興味を移してしまう。

「あれは串焼きだな。食べ歩きしやすいように魔物の肉とか串に刺して売ってるんだよ」

「アルス、買ってくれ、あれは買わなければならない。朝からこんな匂いを漂わせるなんて罪深い屋台だ」

「別にいいが……さっき食べたばっかだろ」

「大丈夫だ。こんなこともあろうかと胃袋に隙間を残しておいた」

「そんな器用なことができるのか……それは魔族――いや、人造魔族特有のものか？」

知ったところで使う機会はなさそうだが、それでも魔法に関することならその知識を得ておきたかった。種族によって扱える魔法に制限があったりするので、無駄な知識が増えることになる可能性もあるが。

「いや、嘘に決まっているだろう。なんで信じたんだ、素直か？」

「……新しい知識だと思ってワクワクしたオレの気持ちを返せ」

「そんなのは知らない。それよりも早く串焼きを買わないと！」

憮然《ぶぜん》とした表情のアルスを無視して、その背後に回ったシオンが背中を押す。

「頼むから串焼きを買ってくれッ！」

「わかった。わかったから、買うから押さないでくれ」

「ほ、本当か!?」

「ああ、そんなことで嘘をつくわけないだろ。そもそも、なんでそんなに必死なんだ。本当にさっき朝食を食べたのか疑わしく思えてくるな」

「まだ言うか……なら本当のことを教えてやろう。女にはな——別腹が存在するんだ」

また冗談を言っているのかと思ったが、シオンの声音からは判断ができなかった。

表情を読み取ろうにも彼女はアルスの背中を押している。

それに別腹という単語は聞いたことがあるので、どう返していいものかアルスが迷っていれば、シオンが猫のように楽しげに喉を鳴らした。

「ふふっ、そこまで悩まれると罪悪感が芽生えてしまうな」

「また冗談か……」

アルスが呆れていれば串焼きの店に着いた。

手振りだけで注文すれば、店主も慣れているのか二本の串焼きをシオンに手渡す。

支払い終えたアルスがシオンを見れば、すでに二本目を口にしていた。

「おい、食べるの早すぎるだろ。それに、オレの分は……」

「ん？　アルスは腹がいっぱいなんじゃないのか？」

「いや、そうだけど……やっぱり食べたくなるじゃないか」

今ならシオンが言っていた別腹の意味が理解できる気がした。

「そんなに不満そうな顔をするな。一緒に食べればいいじゃないか」

シオンが慈母のような穏やかな笑みを浮かべて、食べかけの串焼きを差し出してくる。

まるで駄々をこねる子供をあやす母親のような態度だ。

だからこそ、解せない。アルスの分まで食べたシオンが明らかに悪いはずなのだが、彼女が作り出す空気が反論を許さない。

なので、文句を言っても仕方がないと諦めたアルスは、差し出された串焼きに齧《かじ》りついた。肉汁が口内に広がり、脂の甘みと歯応えのある肉が舌の上で暴れ回る。

「美味《うま》いか？」

「ああ、美味いな」

そんな二人のやり取りを見て、はやし立てるように口笛を吹く者もいれば、恨めしそうに睨《にら》む者もいる。中には羨ましそうに眺めている連中までいた。

様々な反応が周囲から発せられるのも無理はないだろう。

第三者から見れば朝っぱらから男女がイチャついているようにしか見えないからだ。

朝ということもあり人の往来が少ないとはいえ、普通ならそのような行為は気後れしそうなものだが、残念なことに二人はそんな繊細な心を持ち合わせていないのであった。

＊

〈灯火の姉妹《ヴィルート・シュヴェスター》〉の厨房《ちゅうぼう》は【料理】ギフトを持つミチルダが料理長として仕切っている。

そこに彼女が雇った知り合いの主婦などが調理に加わり、〝ヴィルートギルド〟のシューラーたちが当番制で入れ替わり立ち替わり手伝うことで、酒場〈灯火の姉妹《ヴィルート・シュヴェスター》〉は上手《うま》く成り立っていた。

『エルザさん、いつもいつも手伝ってもらって悪いねぇ』

「いえ、好きでやっていることですから」

『あとはうちらに任せて、エルザさんはギルドの仕事に戻りなよ』

「わかりました。それではお言葉に甘えて失礼させていただきます」

厨房を後にしたエルザは、ユリアの私室がある三階に向かう。

道中でシューラーたちと挨拶を交わしていれば目的の場所に辿り着く。

エルザは一度だけ深い呼吸をしてから扉を叩《たた》いた。

「どなたですか？」

美しい声が返ってきた。

腰が砕けそうなほど甘い声質、老若男女を虜《とりこ》にする魅力に溢《あふ》れている。

「エルザです。入室の許可をいただけるでしょうか？」

「ふふっ、どうぞ」

許可を得たエルザは静かに扉を開けて、埃《ほこり》を立てないように慎重な動作で中に入る。

部屋の中には静謐《せいひつ》な声と同様の見目麗しい少女がいた。

彼女こそエルザが忠誠を捧《ささ》げる相手――主《あるじ》のユリアだ。

「カレンは？」

「先ほど出発なさいました」

「そうですか、どこか変わったところはありませんでしたか？」

「いつもと変わらない様子でしたが……何か懸念すべきことでもあるのですか？」

「昨夜、シオンさん――人造魔族について話し合ったことは伝えましたね」

「はい。ひとまず人造魔族に関する情報を収集するとのことでしたが？」

「その前に一つだけ確認しておかないといけないことがあります」

と、柔和な笑みを浮かべたユリアは、一つの箱をエルザの前に置いた。

「これは……手紙ですか？」

箱に蓋はなかったので中身がよく見える。

何百枚にも及ぶ便箋、書かれた筆跡にはエルザも見覚えがあった。

「私はシオンという方を昨夜まで知りませんでした」

それだけで何が言いたいのかエルザは察した。

あの紅髪の少女は愛《いと》しい姉にさえ報告していなかったということだ。

「そこにある手紙は全てカレンからの物です」

と、言ってからユリアが別の箱をエルザの足下に置いた。

「それはあなたからの手紙が全て入っています」

焼け落ちた王都から——この大量の手紙を所持して逃亡していたのか。

エルザはそんなどうでもいい疑問を思い浮かべたが、

「読まれてまずい手紙や大事な物は全て隠れ家に運ばせていましたから、その二つの箱は先日持ってこさせたものです」

なるほど……と、エルザは納得した。

〝聖女〟には様々な特権が与えられると聞いたことがあった。

その一つに隠れ家が存在するのだろう。何処《どこ》にあるのか気になるところだが、それ以上にユリアが大量の手紙を見せてきた理由を知りたかった。

だから、エルザは黙ってユリアの言葉を待つ。

沈黙こそ話の続きを促すことに繋《つな》がるからだ。

「エルザ、いいですね？　これから私が聞くことに関して一切の嘘偽りを許しません」

笑顔で迫ってくるユリア――その瞳の奥を見てしまってエルザは即座に後悔した。

冷え切っている。光も届かないほどの闇に支配されていた。

思わず逃げ出したくなるほどの恐怖に襲われるが、エルザは下唇を強く噛《か》み締めることで堪える。痛みで恐れを紛らわせると、ユリアを真《ま》っ直《す》ぐに見つめた。

決して目を逸《そ》らしたりしてはいけない。

今のユリアは猛獣のようなものだ。隙を見せようものなら飛びかかってくるだろう。

怪我《けが》だけで済むならいいが、下手な対処をすれば命を失う危険性があった。

（ヒューマンのはずなんですが……ユリア様はあまりにもエルフと似通っています）

エルフには〝妖精の笑顔〟という習わしが存在している。

常に余裕であれ、常に強者であれ、常に勝者であれ。

いついかなる場合であろうとも、笑顔を浮かべる者こそ英雄たりえるのだ。

エルフとして生を受けたら理解できるまで、その言葉が刻み込まれる。

だが、ユリアは人間だ。

王家という特殊な家柄を除けば、特にエルフの教えを受けて育ってきたわけではない。

なのに、どうしてだろうか、彼女の笑みは老獪《ろうかい》のエルフに匹敵するものだ。

エルフの特権である〝笑顔〟を、ユリアは見事に使いこなしていた。

これも全ては〝聖女〟ゆえのことなのか。

「二人の手紙を改めて確認しましたが、シオンという名前はでてきませんでした。でも、それはとても奇妙なことですよね。だって、二人はシオンさんを知っていたんですから」

ユリアはエルザとの距離を更に詰めると、身を乗り出して青眼を覗《のぞ》き込んできた。

「なにか隠していることはありませんか？　私に報告を忘れていることがあるのでは？　私はあなたを信用していますから、きっと話していただけると思っています」

ユリアは艶美な微笑を浮かべる。

「だって、あなたと私の仲だもの」

ゆったりとした動作で、腕をあげたユリアはエルザに向けて細い指を伸ばした。

「ねえ……エルザ・フォン・アーケンフィルト、私に言うことがあるでしょう？」

「あッ……」

ユリアに頬を優しく撫《な》でられたエルザは、一瞬呆《ほう》けたように立ち尽くすが、すぐにハッとした表情を作るとその場で片膝をついて頭を下げた。

「お、恐れながら、ユリア様に報告し忘れていたことがございます」

「そう……だったら今すぐ話してちょうだい」

ユリアは小さく嘆息すると寝台に歩み寄って縁に腰を下ろした。

けれども、その視線は熱が籠もり艶《なま》めかしくエルザに向けられたままだ。

そして、なぜだかヘビに睨まれたカエルのようにエルザは硬直している。その額には脂汗が浮いていて、呼吸も若干だが荒く、寒くもないのに肩は微《かす》かに震えていた。

「ユリア様を心配させたくはないと、カレン様に口止めされていました」

三年前、魔法都市を訪れたばかりのカレンは、シオンに助けられた後、短い期間だけ行動を共にしていたようだ。

「わたしがカレン様に合流した時には全てが終わったあとでした」

「…………なにがあったんです？」

「ここから先はわたしが個人的に入手した情報ということもあり、裏を取ったわけではありません。なので、本当かどうか定かではありません。よろしいでしょうか？」

「構いません。話しなさい」

「わたしがカレン様に合流する三日前のことです。シオンさんがレーラーを務めていた〝ラヴンデルギルド〟が、魔王グリム・ジャンバール率いる〝マリツィアギルド〟と衝突して敗北しました」

当時、若くして二十四理事《ケリュケイオン》に上り詰めたシオンは、若手の魔導師たちから絶大な人気を集めていた。それを背景に〝麒麟児《きりんじ》〟シオンに率いられた〝ラヴンデルギルド〟は、数多くのギルドを従えて魔法都市でも有数の大勢力を築き上げていた。

それは長年揺るがなかった魔法協会の勢力図を塗り替えるほどの勢いだったそうだ。

だから潰されてしまった。シオンはあまりにも目立ちすぎたのだ。

故に若手ナンバー1だった魔王グリムを仕向けられて壊滅させられたのである。

「シオンさんは二十四理事《ケリュケイオン》の資格を剝奪され、ギルドは解散宣告を受けました。その影響は多岐に渡り、〝ラヴンデルギルド〟と繋がりのあったギルドにも連座で罰則が与えられたことで大規模な抗争へと発展していきます」

言葉を一度切ったエルザは、思い出すようにして一言一句丁寧に口にしていく。

「しかし、すでに旗頭〝ラヴンデルギルド〟が壊滅している状況で反抗するのは厳しかったらしく、騒動は僅か二日で収束。二十四理事《ケリュケイオン》が総力をあげて悉《ことごと》く潰したようです」

戦火から免れた者は魔法都市を追われ、存続を許されたギルドもあったが、他ギルドから追い打ちを掛けられて壊滅、生き残っても悲惨な状況に追い込まれた。

敗北した彼らに魔法都市での居場所はもはやなかったのである。

「若くして二十四理事《ケリュケイオン》になったシオンさんを筆頭に、彼女を慕う若手たちは周りの古参から相当妬まれていたようですし、敗北を切っ掛けに大粛清が始まったのだと思います」

「二十四理事《ケリュケイオン》は自分たちに従わない若手たちを一斉に処分したんですね……」

「はい。ご推察の通りです。表向きは〝鬼喰《く》い〟グリムと〝麒麟児〟シオンによる抗争でしたが、蓋を開けてみれば二十四理事《ケリュケイオン》の既得権益を守るための権力闘争だったというわけです」

エルザは魔法都市に移住するための準備で多忙だったこともあり、そんな大事件にカレンが巻き込まれているとは思わなかった。

なので、全ての事情を把握できたのは全てが終わった後だ。

あの日のカレンの姿はよく覚えている。

彼女は雨の中で傘も差さずに〝ラヴンデルギルド〟の収奪された本拠地の前で唇を噛み締めて泣いていたのだ。

「ですので、カレン様はユリア様に余計な心配をかけたくないため、手紙には書かなかったのだと思います」

エルザは断定したが、ユリアは首を傾《かし》げてしまう。

「カレンらしいとは思いますが……それにしても気負いすぎているような気がします」

「……気負い、ですか？」

「ええ、明らかにシオンさんと会ってから、あの娘《こ》の様子が変わりました」

「それはシオンさんが記憶喪失だったから、あるいは人造魔族になっていたからでは？」

「いえ、それだけじゃないでしょう。あの娘はまだ何かを隠しています」

エルザには何も感じ取れなかったが、姉のユリアがそう言うなら確かなのだろう。

王都で暮らしていた頃から姉妹仲は良好だった。

それは現在に至るまで変わることはなく、今も大事に互いを想《おも》い合っている。

だからこそ、些細《ささい》な変化でも発見できるのだろう。

そもそも、ユリアの推測が間違っていようが、合っていようが、どちらにしても調べることに変わりないのだ。

「……では、シオンさんの関係者から調べてみますか？　まだ三年しか経《た》っておりません。当時のことを知る者は魔法都市のどこかにいるでしょう」

「それでもいいのですが……できれば時間をかけたくありません」

楽しげな笑みを浮かべるユリアを見て嫌な予感がした。

彼女は清楚《せいそ》な容姿からは信じられないほど時に大胆な行動にでることがある。

できるなら聞かなかったことにしたいが、ユリアはエルザが発言するのを待っていた。

仕方ないと嘆息したエルザは、彼女が待ち望んでいる言葉を用意して口を開く。

「………では、ユリア様の考えをお聞かせ願えますか？」

「〝聖騎士派〟にも手伝わせましょう。どうせ、彼らも魔法都市に潜入しているのでしょう？　遊ばせておくのはもったいないではありませんか」

「……我々は〝女教皇派〟ですよ。彼らが言うことを聞くとは思えませんが……それに下手をすればこちらの弱みを晒《さら》すことになり危険だと思います」

エルザが反論してみせれば、待っていましたと言わんばかりの笑みをユリアが浮かべた。それを見た瞬間に、自分が誘導されていたことをエルザは悟ったが、気づいたところで今更どうにもできない。

「もちろん、それは知っていますが……でも、ほら、〝聖騎士派〟に変わり者がいるでしょう。魔帝嫌いで有名な人です。魔法協会を心底恨んでいるくせに、なぜか率先して魔法都市に潜入しているエルフのことですよ」

そこまで言えば答えを言っているようなものだ。勿体《もったい》ぶらずに名前を言えばいいのにとエルザは思ったが、一応は自分に配慮してくれているのだろう。

「たしかにユリア様の仰《おっしゃ》る変態《ヴェルグ》なら、きっと二十四理事《ケリュケイオン》との繋がりもあるでしょうが、それでも接触するのは好ましいとは思えません」

「でも、私たちが闇雲に詮索するよりも確実に情報が手に入ります。シオンさんの件と、人造魔族について探ってもらいましょう」

エルザは反論しようと口を何度か開閉させたが、最終的に諦めて嘆息する。

ユリアに長年仕えてきた経験から彼女が譲らないことを悟ったのだ。

「……すぐに〝伝達〟魔法で連絡をとりますので、しばらくお待ちください」

エルザが行動に移ろうとするよりも先に、ユリアが立ち上がって近づいてきた。

「まだ何か？」

「〝伝達〟魔法だと、引き受けてもらえない可能性が高いので会いに行きましょうか、そのほうが相手の動揺も誘えて有利にことが運べるかもしれません」

「……本気ですか？　まだ〝聖騎士派〟にユリア様――〝聖女〟のご尊顔は知られておりません」

エルザが遠回しに否定するも、ユリアは相も変わらず笑みを崩さない。

「構いません。こちらが無理を言って情報を提供してもらうのですから、あちらだってそれなりの見返りがほしいでしょう」

「まだ時機ではありません。〝女教皇〟に知られたらお叱りを受けます」

「あんな裏から指図ばかりで、表にでてこない方に叱られたところで怖くもないでしょう。もしお怒りになられて外に出て来る気になるのであれば、それはそれで〝女教皇派〟にとって良いことに繋がるのではありませんか？」

ユリアはエルザの顎に手を添えると、そのまま親指で優しく頬を撫でた。

「ねえ、エルザ。出し惜しみは価値を下げるだけです。なら、最も価値がある時に吹っ掛けて売らないと、あとから後悔しても遅いんですよ？」

ここが限界だろう。これ以上の固執はユリアの機嫌を損ねるだけで益はない。

「そこまで仰るのであれば……ご案内いたします」

「ふふっ、それでいいのです。これ以上焦《じ》らされると、我慢できなくなるところでした」

ユリアは満足そうに頷《うなず》くと、鈴を鳴らすように喉を震わせるのだった。

＊

「またここに来るなんてね……」

自嘲の笑みを浮かべたカレンは、朽ちた廃墟《はいきょ》を前にして佇《たたず》んでいた。

ここは魔法都市の北部――富裕層が住む特別区。

カレンの眼前にある大きな屋敷は、周囲の建物と比べると群を抜いて寂れていた。

屋根の一部は腐って落ちており、瓦礫《がれき》からは鉄筋や針金が覗き見えている。

たった三年――大勢の人が住んで賑《にぎ》わっていた屋敷は見る影もなくなっていた。

こんな景観を損ねる建物が、なぜ特別区に存在するかと言えば理由は一つしかない。

一罰百戒――いわゆる見せしめだ。魔王に逆らった愚か者たち、二十四理事《ケリュケイオン》に牙を剝《む》いた叛逆者《はんぎゃくしゃ》、その末路がこれだと周りに主張しているのである。

カレンは風化した石畳の上を歩いて行く。

体重を少しかけるだけで地面から石畳が浮いて空気が抜けるような音が聞こえた。

やがて屋敷の入口に辿《たど》り着くが扉はなくなっている。

名匠が造った〝ラヴンデルギルド〟自慢の玄関は残骸となって中庭に転がっていた。

そんな空洞となった入口から中に入れば、荒れ果てた広間に迎えられる。

屋根から落ちたシャンデリアの破片、絨毯《じゅうたん》の残骸、テーブルの脚や腐敗した机などがそこかしこに散乱している。

「やっぱり何も残ってないわね」

かつては魔法都市でも有数のギルドとして栄華を極めていたのに、二十四理事《ケリュケイオン》と、その子飼いのギルドによって全てを奪われてしまった。

廃墟となったこの屋敷も同じだ。

もう何も残っていない。思い出も全て破壊されてしまった。

カレンを温かく迎え入れてくれた獣人の姿はない。

様々な知恵を授けてくれたエルフの姿はない。

生き残る術《すべ》を教えてくれた老婆の姿もない。


——みんな殺された。

ここは英雄になれなかった者たちの墓場。
たった一度の敗北で全てを失った兵《つわもの》どもが夢の跡。
瓦礫の隙間を縫うようにして歩き続けたカレンが最後に辿り着いたのは一つの部屋。
お世辞にも広いとは言えない。
そんな狭い部屋にあるのは腐って崩れた寝台が一つ、脚の折れた机と椅子。
カレンは机に歩み寄ると引き出しに腕を伸ばした。
老朽化した取っ手を摑《つか》めばボロボロと手の中で崩れる感触を得る。
だから慎重にゆっくりと開けた。すると中から虫に食われた一枚の写真がでてくる。
紅髪の少女——今よりも幼い自分が幸せそうに笑っていた。
その隣では桃髪のシオンがどこか照れたような、緊張した面持ちで立っている。
「まだ……取り戻せるかしら、あの頃の自分を、何も恐れることがなかった自分を」
カレンは悲しげに微笑《ほほえ》むと写真を大事に仕舞った。
ここに来たのは胸に秘めた決意を鈍らせないためだ。
後戻りはできない。
ここから先は突き進むしかない。
「もう二度と同じ過ちは繰り返さない」
カレンは紅瞳に決意の炎を灯《とも》すと、自身の両頰を叩《たた》いて力強く歩き始める。

部屋を飛び出して屋敷を後にした彼女は、もう二度と振り返ることはなかった。

*

〝失われた大地〟は広大である。

かつては人類が繁栄を極めていた場所であった。

しかし、魔族や魔物との生存競争に敗れて大陸の南部に人々は追いやられてしまう。

だが、人類は挫《くじ》けなかった。

諦めず、耐え続けて、力と知恵をつけると領土を取り戻すべく動き始める。

それでも過酷な環境が牙を剝いて、昂《たか》ぶっていた意欲を削《そ》ぎ続けた。

やがて、人々の中には〝失われた大地〟の奪還を諦める者も出始める。

それに危機感を覚えた指導者たちは、奪還ではなく冒険という方針に切り替えていく。

つまり、妥協を選んだのだ。

そこから人類は未知の探索、知識の探究、そして、広大な地に眠る宝物を求めて〝失われた大地〟へ、欲望に導かれるまま進出していった。

そして、今でこそ当然のように冒険ができているが、それは先人たちが血を流しながら、命を賭して情報を集めたからである。

多くの犠牲があったからこそ、魔導師たちは〝失われた大地〟で冒険ができるのだ。

そんな〝失われた大地〟にアルスは来ていた。

今はグレティアたちと共に、シオンの戦闘を眺めている。

「……速いな」

素早い動きで魔物を屠《ほふ》る姿は凄《すさ》まじい。まるで俊敏な獣のような鋭い動きをしている。

「ユリアとはまた違った速さだな」

ユリアはギフト【光】の魔法を駆使して最短距離で敵を屠る。

あまりにも速すぎて、瞬く間に戦闘が終わってしまうのだ。

敵にしたらこれほど恐ろしい相手はいないだろう。

「まあ、それだけなら怖くないんだけどな」

実はユリアの〝光速《エクレール》〟魔法の対処は容易だったりする。

彼女の場合は最短距離を突っ走ってくるので軌道が読みやすい。

ユリアは良くも悪くも癖がなく、綺麗《きれい》な剣筋が単調すぎて案外読めてしまうのだ。

「それと比べるとシオンへの対処は難しいな」

シオンもまた速いが、ユリアと比べれば兎《うさぎ》と亀――雲泥の差がある。

それでも彼女の速さは厄介だ。なぜなら単調な攻撃が存在しない。

ちょっとした攻撃の中にも、いくつかのフェイントなどを混ぜて、攻撃の軌道を読まれないように工夫している。

「ギフトもまた厄介だな」

シオンはギフト【変化】の能力を使い、自身の手を鉤爪《かぎづめ》に変化させて戦っていた。

卓越した戦闘技術だけじゃなく、ギフトの能力を使って自身の身体《からだ》を武器へ変えてしまうのだ。その二つだけでも相手にすれば非常に戦いにくい。

武器を取り上げることもできず、魔法でもないので封じることもできない。

そんなアルスが観察している前で、シオンはログログと呼ばれる蜘蛛《くも》型の魔物を次々と討伐していた。

低域での狩りということもあり、レベルの低い魔物が多いため、今回はログログの群れを相手にすることにしたのだ。今はもう残っているログログは六体——醜悪な見た目をした蜘蛛を前にして、シオンは両手を地面に叩きつける。

「局面定まらず 天地顚倒《てんとう》 模様は渦を巻く 左右逆転 錯綜《さくそう》する情報 生死反転」

魔力の高まり、美しい線が躍動して巨大な魔法陣が大地に刻み込まれた。

「世界よ歪《ゆが》め——〝千変万化《フェアガーデン》〟」

魔法名を唱え終えれば、大地に裂け目が生まれて数体のログログが落ちていった。

生き残ったログログもまた波のようにうねった地面に呑《の》み込まれて姿を消す。

まるで生き物のように地面が蠢《うごめ》いている。シオンの意思によってある程度の操作が行わ

れているのだろう。彼女が微《かす》かに手を動かしているのが見えた。

「うわぁ……すごいですね。地面が粘土のように柔らかくなってます」

アルスの近くでグレティアが地面を足の爪先で叩いていた。

しばらく地面の感触を確かめていたグレティアだったが、やがてシオンが倒したログログの解体を始める。彼女は回収した素材を小さな鞄《かばん》の中に手際良く放り込んでいく。

そんな空間がどこにあるのかと不思議に思うところだが、グレティアのギフトは【鞄】であり世間で言うところの〝運び屋《サポーター》〟である。

【空間】系ギフトは魔力の総量によって、物資を保管できる容量が決まるそうだ。

その観点から言えばグレティアの魔力は多い。だから〝ヴィルートギルド〟でも人気があって、よくパーティーに誘われている。それに冒険者としてもグレティアは優秀だ。

今回の狩りでも素材を回収しながら、随所で回復薬などを前衛に渡していた。

グレティアのパーティーには前衛と後衛が一人ずついて本来は三人パーティーだ。

今はシオンに前衛を任せていることから、グレティアのパーティーメンバー二人は討ち漏らした敵を倒すのが役割となっている。

「気をつけろ！　そっちに二体行ったぞ！」

と、こんな風に時折、シオンが気を遣って何体か見逃してくれていた。

『はい！　任せてください』

『バッチリやっちゃいますよ！』

元気よく返事をする彼女たちだったが、

「よし、ここはオレに任せてくれ」

アルスが前にでたことで意気消沈するのだった。

『あぅ、アルス様、あの……いえ、なんでもないですぅ』

『私たち今日は何もしてないよ……どうするの？　グレちゃん、どうすればいいの？』

「あはは、今日はアルス様たちに甘えたらいいんじゃない？」

グレティアが苦笑して答えると、程よく汗をかいたシオンがやってくる。

「……もう少し逃がしたほうが良かったか？」

「いえ、そんなことありませんよ。いくら低域——この辺りの魔物が強くないと言っても、油断しすぎると危険なことになりかねないので」

「そうか……しかし、アルスがあそこまで戦えるとは思ってなかった」

最初、素人同然のアルスの動きにシオンは驚愕《きょうがく》した。

死人がでると思って全身から血の気が引いたのを覚えている。

だが、結果は——アルスが死ぬことはなく、魔物が一瞬の内に屠られただけだった。

呆気《あっけ》にとられたものだ。まったくの素人の動きで、アルスはかすり傷を負うことすらなく魔物を屠っていたのだから、そして、今もまた彼の絶技が輝いている。

先ほどわざと逃がしたログログが、アルスの短剣に吸い込まれるようにして刺された。

あらかじめ魔物が来る位置がわかっていなければ無理な動きだ。それに急所を確実に突き刺しているのだから、もうどこに驚くべきなのかわからなくなってくる。

「……化物だな」

シオンはアルスをそう評価する。畏怖を込めた呟《つぶや》きに反応したのはグレティアだ。

「当然です。アルス様は〝天領廓大《てんりょうかくだい》〟に至っていますからね」

「…………は？」

シオンは思わず間抜けな反応をしてしまう。

〝天領廓大〟は、天才の中の天才――更に選ばれた鬼才のみが到達できる領域だ。

若手ナンバー1と呼ばれる魔王グリムでも、未《いま》だに〝天領廓大〟には至れていない。

当然だ。真意は定かではないが、〝天領廓大〟に至るためには神との対話が必要だと言われている。あるいは神々と接触することでギフトの〝真名〟が授けられるそうだ。

神から直接授けられた究極魔法〝天領廓大〟は凄まじい威力を発揮する。

たった一人で国家を滅ぼせる、まさに神の御業《みわざ》とも言うべき力が手に入るのだ。

現代で〝天領廓大〟に至っているのは三人だけしかいない。

そして、グレティアの言葉を信じるのであればシオンの前には四人目がいた。

「あっ、ユリア様から口止めされているので、ここだけの話でお願いしますね」

なら、なぜ話してしまったのか、それは彼女たちが色々と勘違いしているからだ。

アルスと同じ居候の身分としてシオンは迎え入れられた。

しかも、二人は一緒に出掛けるほどの仲で、アルスに世話まで焼いてもらっている。

色々と推測した結果が、何やら訳ありのようだが、アルスの関係者なんじゃないのか。

それがシューラーたちの見解であった。

本来であれば、シオンは否定するべきなのだろうが、それをしてしまうと「あの人は誰なんだろう」と余計な詮索をされるので黙って受け入れるしかない。

そんな様々な要因が重なった結果、グレティアがうっかり口を滑らせたというわけだ。

「いや、ここだけの話なのはわかったが……本当に〝天領廓大〟に至ってるのか？」

「えーと、本当らしいですよ？」

「なんでそこで首を傾《かし》げるんだ」

「アルス様が〝天領廓大〟を行使した時、実は敵の攻撃を受けて……私、気を失ってたんですよね。でも、意識がしっかりしてたシューラーたちもいて、彼女たちから後で聞いた話なんですよ」

「……〝天領廓大〟は一体どういうものなんだ？」

シオンが興味を抱くのも無理はなかった。

なにせアルスを除けば、この世界に三人しかいないのだ。

生涯を終えるまでに〝天領廓大〟を見られる可能性は非常に低いと言わざるを得ない。

「すごかったみたいですよ。世界が変わるそうです」

「……世界が変わる？」

「造り替えられるそうですよ。さすが神様の魔法ですよね」

二人でそんな会話をしていると、

「なんだ、〝天領廓大〟について話してるのか？」

アルスが魔物を倒して戻ってきた。

本人に聞くのが一番早いと思ったのかシオンが質問を投げる。

「……アルスは〝天領廓大〟に至ってるのか？」

「ああ、覚えてるぞ」

あっさりとアルスが白状すれば、シオンは二の句が継げなくなったようで硬直した。

いつもの反応だと思ってアルスは苦笑する。

シオンのように興味を持って聞いてくる者は多い。

でも、聞いてきたくせに、なぜか皆が同じような反応をするのだ。

「どうやったら〝天領廓大〟に――ギフトの覚醒に至れるんだ？」

「どうって言われても、気づいたら覚えていたとしか言えないんだ」

アルスが最も苦手とする質問だった。

世間では命の危険があるとか、生涯を費やしても至れないとか、禁忌に手をだしてまで欲する力――なんて言われているが、アルス自身は〝天領廓大〟に至るのに苦しんだ覚えがない。むしろ最初の魔法〝衝撃《ウエグブラセン》〟を覚えるときのほうが大変だったように思う。

【聴覚】に合う魔法が〝音〟に関するものだと知ってからは順調だったが、その頃と比べれば〝天領廓大〟は比較的簡単に手に入った記憶があった。

そもそも〝天領廓大〟は終着点ではなく、まだ通過点に過ぎない。

アルスはその先にある可能性を聴いている。

だから、まだまだ強くなれるとアルスは思っていた。

そのため、アルスの目標は〝魔法の神髄《ミーミル》〟を見つけて、その知識を奪うことにある。

未知なる敵は今どの位置にいるのか、それがわからない限り、〝天領廓大〟に至っていようとも、自身の強さに妥協するわけにはいかなかった。

「そうか……やはり簡単にはいかないんだな」

アルスが黙考している間に、シオンはなにやら一人で納得していた。

それから立て続けに質問を投げてくる。

「なら、自身にギフトを授けた神と会ったということか？」

「ああ、それらしいのなら会ったことあるぞ」

「やはりギフトは神と繋《つな》がっているんだな……。やはり対話してギフトの〝真名〟を授かったのか？」

「いや、オレの場合はな――」

「アルス様が倒したログログの素材回収が終わりました！」

と、二人の会話に割り込んできたのはグレティアである。

いつの間にか会話に参加しなくなっていたが、魔物から素材を回収していたようだ。

「あれ、なにか邪魔しちゃった感じでしょうか……？」

「いや、そんなことはないよ。それより、そろそろ昼食を食べるとするか」

と、アルスが言えば――話の腰を折られて機を逸したと判断したのか、シオンが続きを促すことはなかった。むしろ食事の誘惑に負けて何度も勢いよく首を縦に振っている。

「うん。運動して腹が減った。食事で構わない」

「わかりました。それじゃあ、準備しますね！」

グレティアが【鞄】からシートを取り出して昼食の準備を始める。

預けてあったエルザ特製サンドイッチが入った箱も取り出された。

本当に便利なギフトだとアルスが感心していると、腹を空《す》かしたシオンが真っ先に飛びついた。そんな彼女に苦笑を向けた後、アルスはグレティアたちにも食事を促す。

「さあ、食べるとしよう。グレティアたちも欲しいのを手に取るといい」

「私たちもいいんですか？」

「ああ、エルザがその分も用意してくれているからな」

「では、お言葉に甘えさせてもらいます。知ってますか？　実はエルザさんの料理はシューラーからすごく人気があるんですよ」

「わかるよ。かなり美味《うま》いからな」

グレティアからお茶を受け取りつつアルスは同意する。

「でも、最近はよく厨房《ちゆうぼう》にいるから、皆も食べてるんじゃないのか？」

「いやいや、エルザさんはほぼアルス様にしか、料理を作りませんからね。ユリア様やカレン様だけだと、ほとんどミッチーさんに任せたりしてますよ」

「へえ～、そうなのか、帰ったらお礼を言わないとな」

「きっと喜んでくれると思いますよ」

会話をしながら食べ進めたら、途中でグレティアがサンドイッチを差し出してきた。

「どうぞ、あ～ん、してください」

「……なんだそれ」

「えっ、『あ～ん』をご存じないんですか？」

「知っておかないとまずいのか？」

アルスは幽閉されていた影響から世間知らずだ。エルザ曰《いわ》く常識というものが抜け落ちているらしい。最近はカレン先生から世間の常識というものを教えてもらっているが、意外なことに常識というものは人が想像している以上に存在していたりする。

　なので、アルスは魔法を覚える以上に、常識を習得するのに苦戦していた。

「当たり前じゃないですか、まさか知らないだなんて………てっきり、ユリア様といつもイチャコラやってるものかと思ってました」

「そんな日常的に使う常識だったのか」

「仕方ないですね。『あ～ん』を私が教えてあげます」

「ぜひ、頼む」

　さも「常識です」とばかりに言われると、アルスは覚えなければいけないという使命感が芽生えるのである。

「難しくありませんよ。そのサンドイッチを私の口に向かって差し出してください」

「こうか？」

「はい！　あ～ん」

　サンドイッチを頬張ったグレティアは、頬を両手で押さえて至福の笑みを浮かべる。

「んふ～、美味《おい》しいです。エルザさんの料理をこうしてアルス様に食べさせていただけると格別な味がしますね」

「そんなに美味いのか？」

「最高です」

「むぅ、シオンも食べたい。アルス、シオンの口にもいれてくれ」

「そういえば、ここに来る前に、シオンに串焼きを食べさせてもらったんだが……」

朝の出来事を思い出したアルスは、「アルス？」と寂しそうな目をするシオンを無視してグレティアに視線を向けた。

「それは、あ〜ん、と言いましたか？」

「いや、何も言わなかった。普通に齧《かじ》りついただけだな」

「なら、それは『あ〜ん』ではありません。一緒にしては常識を疑われますよ」

「む、難しい……やっぱり常識というのはややこしいな」

今後も覚えないといけない常識は多い。そう思えばアルスは憂鬱になりそうだった。

「うぅ、もう話はいいだろう？　焦《じ》らさないでくれ。シオンも早く欲しい」

袖を引っ張ってくるシオンに苦笑しつつ、アルスはサンドイッチを差し出す。

「わかった、わかった。ほら、口を開けろ」

「あ〜ん、んむぅ」

一口でサンドイッチを丸々食べたシオンは咀嚼《そしゃく》を開始する。

「んくっ、なるほど……美味い」

感慨深そうに頷《うなず》いたシオンは再び口を開けた。まるで雛鳥《ひなどり》が餌を待つような格好だ。

「もっとくれ」

「オレも食べたいんだが……」

「あとでシオンが食べさせてやる」

「本当にオレの順番がくるのか？」

永遠にシオンを食べさせなきゃいけない気がするアルスだった。

＊

魔法都市の南側にある歓楽区——その路地裏は退廃地区と呼ばれるほど荒れている。

酔っ払い、犯罪者まで、様々な人種が路地裏に蔓延《はびこ》る闇に潜んで生きていた。

ここに迷い込んだら最後、全て奪われる道しか残っていない。

だが、それは常人であればの話だ。

『ひっ、いきなり何だてめぇは——ぎゃっ!?』

白銀の髪を靡《なび》かせながら、ユリアは目の前に立ち塞がった男を斬り捨てた。

峰打ちではない。確実に命を奪う斬撃を放って、ユリアは突き進んでいく。

「本当にこんなところにヴェルグさんはいるんですか？」

ユリアの質問に背後を守っていたエルザが頷いた。

「はい。ここはどうしようもない者たちが最後に流れ着く終着点。なので身を隠すには絶好の場所なんです」

「つまり……犯罪者しか住んでないということですか？」

「はい。中には魔法協会から指名手配されるほどの凶悪犯もいるそうなので、腕に自信があろうと気をつけなければ足を簡単に掬《すく》われてしまいます」

エルザは淡々と言いながら襲い掛かってきた男の膝を矢で射貫《いぬ》いた。

『あがぁぁアァ――あ、脚がぁぁ!?』

情けない悲鳴をあげながら男は地面で悶《もだ》えている。

けれど、慈悲はない――エルザは一顧だにせず次々と矢を放って男を仕留めた。

「ちなみにカレン様が財布を落として迷い込んだ場所がここです」

「シオンさんが助けてくれて感謝ですね。あの娘《こ》一人じゃ無理でしょう」

ユリアは冷静に無法者を斬り捨てているが、実は内心で驚いていた。

なぜなら路地裏に――たった一歩、足を踏み入れただけで襲われたのだ。

そして、ユリアたちの美貌に引き寄せられた男たちがワラワラと群がってきた。

それでも、ユリアが五人ほど斬り捨てれば自然と誰もいなくなってしまったが。

「何人か致命傷でしたが……死んでしまったら、あとで私が捕まったりしませんか？」

斬らなければユリアたちの命が危なかったので仕方ないのだが、ここが戦場ではなく魔法都市の路地裏だと思い出すと、なぜか罪の意識が強く沸き上がってくる。

「死体は残らないでしょう。皮から骨、臓器まで人間は売れますからね。どれもギフト研究で使えます。合法にしろ、違法にしろ、どの部位でも人気があるそうですから、ここじゃどれだけ人間を殺しても罪にはなりません。そもそも証拠が——死体なんて一時間もすれば消えてます」

魔法都市にありながら、退廃地区では魔法都市の法は通用しない。

退廃地区には退廃地区のルールがある。彼らはそのルールに則《のっと》って生きているだけだ。王族だろうが、貴族だろうが、平民だろうが、退廃地区に一歩踏み込んだら貴賤《きせん》など関係なくなる。塗り替えられた法の中、弱肉強食の世界で強者だけが生き残る仕組みになっているのだ。だからこそ油断ができない。

今も闇の中からユリアたちの隙を窺《うかが》っている者が大勢いた。

「こんなところで隠れ住むだなんて本当に変わってますね」

「変態《ヴェルグ》ですから……なにを考えてるのかわかりません」

そんな会話をしながら辿《たど》り着いたのは木造の小屋、ここだけ新築なので明らかに周りから浮いていた。なのに近寄りがたい奇妙な雰囲気を纏《まと》っている。

エルザがドアをノックすれば、ゆっくりと扉が開いた。

そこから顔を覗《のぞ》かせたのは絶世の美貌を持つ男——エルフのヴェルグだ。

世界最高峰の魔導師と謳《うた》われる聖法十大天の一人でもある。

「おや……これは懐かしい顔だ。それに——いったい誰を連れてきたのやら……まあ、立ち話もなんですから中へどうぞ」

最初にエルザを見てからユリアで眼《め》を細めたヴェルグは、最後に笑みを浮かべて部屋の中へ彼女たちを招いた。

「そこのソファへどうぞ」

部屋の中央に置かれているソファを指し示して、ヴェルグは紅茶の準備を始める。

ティーセットをテーブルに運ぶと手慣れた様子で三人分の紅茶を置いた。

「さて、まずはお互いの自己紹介をしたほうがよろしいのでしょうね」

ヴェルグは一度立ち上がると優雅にお辞儀をして微笑した。

「聖法教会〝第九使徒《テイサ》〟ヴェルグ・フォン・アーケンフィルトです」

「これはご丁寧に……聖法教会〝聖女〟ユリア・フォン・ヴィルートです」

ユリアが言い終えた時、珍しいことにヴェルグが呆気《あつけ》にとられていた。

いつものような貼り付けた笑顔さえも忘れて、銀髪の少女を呆然《ぼうぜん》と眺めている。

「どうかしましたか?」

勝ち誇った表情を浮かべるユリアを見て、ヴェルグは頬を引き攣《つ》らせていたが、すぐさま慌てたように笑顔を取り繕った。

「これは驚きました。まさか今世の〝聖女〟が目の前に現れるとは……〝女教皇〟はご存

じなのですか？」

「いえ、きっと叱られてしまいますね」

「なるほど……今世の〝聖女〟は問題児というわけですか」

「サプライズが成功して良かったです」

「驚いたのは確かです。なにより、〝聖女〟に出会えたというのは素晴らしい贈り物だ」

ヴェルグは納得したように何度も頷くと、本題だとばかりに笑みを深めた。

「それで見返りとして何をお望みなんですか？」

「話が早くて助かります。三年前のギルド同士の戦争――〝ラヴンデルギルド〟と〝マリツィアギルド〟の抗争について調べてほしいんです」

「……ふむ、それだけですか？」

「他にも人造魔族について教えていただきたいのです」

「なぜ、知りたいのか理由をお聞かせいただいても？」

ここで初めて両者の間に沈黙が落ちた。

ユリアはここでアルスの情報を開示していいのか迷ってしまったのだ。

しかし、部屋の片隅に置かれた黒い木像を見て大丈夫だと判断する。

「〝黒き星《フラヴン・アース》〟が人造魔族を匿《かくま》っているのです」

黒い木像が示すのは〝黒き星《フラヴン・アース》〟に対しての信仰心である。

古《いにしえ》より〝黒き星《フラヴン・アース》〟を祀《まつ》るために、黒樹を利用して木像を造る習わしがあったそうだ。

それが部屋の片隅に――異常な数があったので、ユリアはヴェルグと協力できると踏んだ。同時にエルザが彼を変態《ヴェルグ》だと言い続けるわけだと納得もできたのである。

だから、アルスの名を出さずに、彼の心に一番響くであろう単語を使ったのだ。

「………それは協力するしかなさそうですね」

ユリアの目論見《もくろみ》は上手《うま》くいった。眉間を摘《つ》まんだヴェルグが深いため息を吐く。

「まったく……今世の〝聖女〟も〝黒き星《フラヴン・アース》〟も自由すぎる」

天井を仰いだヴェルグは、しばらくして意を決したようにユリアを見据える。

「いいでしょう。まずは人造魔族に関して何を知りたいのですか？」

「〝寿命〟です」

単刀直入に言えば、紅茶に手を伸ばしかけたヴェルグの動きが止まった。

「………〝聖女〟ユリア様は人造魔族についてどこまで理解できていますか？」

「三大禁忌の一つ〝魔族創造〟という人体実験の犠牲者ということでしょうか」

「ええ、その通りです。元々はギフトの覚醒を促すことを目的として〝魔族創造〟は開発されました」

〝失われた大地〟の瘴気《しょうき》を浴びた魔物が、人類の存続を脅《おびや》かす魔族へ進化した。

とある研究者がそこから着想を得たのが悲劇の始まりだ。

その研究者は自身の妻と娘を実験台に、瘴気を利用して人造魔族化という奇跡を創り上げた。当初の目的であったギフトの進化こそ敵《かな》わなかったが、妻と娘は膨大な魔力を得ることに成功したのだ。その代わり額から角が生えたり、髪の一部が黒に変色したりといった魔族の特徴が現れるようになった。

そのことから人造魔族化――〝魔族創造〟といった名称がつけられたのだ。

しかし、当時は少しばかり容姿が変化する程度なら魔導師にとっては些細《ささい》なもので、実験は成功だと大々的に報道された。結果を聞いた人々は歓喜に震えたが、一番に喜んだのは〝無能ギフト〟の子供を抱える貴族たちだった。

魔法を使えないギフトをもった自分たちの子供――使い道のない無能たちを〝魔族創造〟を使って次々と人造魔族に生まれ変わらせたのである。

狂った時代が始まりを告げた。

世界各国の王たちは新時代に乗り遅れまいと、〝魔族創造〟に関する研究を国家事業の一つとして取り組み始める。更に国家に属する貴族家は、無能ギフトを所持する子供がいた場合は国に献上して〝魔族創造〟の被験者とした。

この頃に無能の子供を国家に捧《ささ》げるのが貴族の責務となり、〝貴族の義務《ノブレス・オブリージュ》〟という言葉が誕生する。

だが、〝魔族創造〟が開発されてから五年が過ぎた頃、致命的な欠陥が発見された。

「魔力欠乏症——人造魔族化は膨大な魔力を得る代わりに、魔力を自然回復できなくなっていたんです」

　魔力を失ったら最後、回復することなく死に絶える。

「そこからは一気です。〝魔族創造〟は急速に廃れました。さらに開発した研究者は歴史から名前どころか存在すら抹消されたのです。名も無き研究者の最期は悲惨だったそうで、人体実験の犠牲者たちになぶり殺されたとも言われていますね」

　そんな〝魔族創造〟も今では〝魔法開発〟と並ぶ三大禁忌の一つに数えられている。

「もちろん〝黒き星《フラヴン・アース》〟が匿っている人造魔族も例外ではないでしょう。今は大丈夫でも、いずれは魔力欠乏症に陥る。情が移る前に引き剝がすべきだと私は思いますよ」

「魔力欠乏症を治す方法はないんですか？」

「ない——と断言はできません。しかし、現状解決策がないのも事実、遅かれ早かれ必ず死に至ります。長生きさせたいのなら魔力——魔法を使わせないことですね。今の段階では延命する手段はそれだけしかありません」

「そちらも調べておいてもらえますか？」

「いいでしょう。あまり期待しないで待っていてもらえるとありがたいですね」

「それで構いません。では最後に一つ聞きたいことがあるんですが、人造魔族化は副作用などで記憶喪失などが起きたりしますか？」

「匿っている人造魔族は記憶を失っているのですか？」

「ええ、ですが〝思い出〟の部分だけで、〝知識〟などはそのまま残っているようです」

ユリアがシオンを観察した限りでは、日常的な生活の部分に支障はなく、常識の範囲内で彼女は活動できていた。

「……それはまた都合の良い記憶喪失だ。人造魔族化の影響ではないでしょう。別の要因だと思います」

「それは確かなのですか？」

「人造魔族化に関する実験は聖法教会でも行っていましたから、そういった報告はなかったと記憶しています」

「そうですか……」

「私の記憶違い。ということもあるので、そちらも調べておきます。それで他に人造魔族に関することで聞きたいことはございますか？」

「いえ、今はありません。答えていただきありがとうございました」

「いえいえ、少しでもお役に立てたなら良かったです」

ヴェルグは紅茶を飲んで喉を潤すと、もう一つの話題に触れた。

「三年前のギルド戦争に関する情報ですが、そちらは近日中にお報《しら》せしましょう」

「お願いします。それと情報提供のお礼に、多少の金銭なら払えますが？」

「まさか、〝聖女〟様に会えただけで十分です。それに——」

ヴェルグは一度言葉を切ると、黙って話を聞いていたエルザに微笑《ほほえ》みかけた。

「愚妹がお世話になっているお礼ということにしておいてください」

そんな親愛に満ち溢《あふ》れたヴェルグとは対照的に、エルザにしては珍しく嫌悪感に溢れた表情を浮かべた。

「心にもないことをよく言えるものですね」

「そう思うならそれでもいいだろう」

エルザの冷ややかな対応を、ヴェルグは涼しげな表情で受け流す。

沈黙が落ちて、静寂が満ちる。

両者は黙って見つめ合っていたが、最初に視線を逸《そ》らしたのはエルザだった。

「ユリア様、もう用は済みました。帰りましょう」

「えっ、あ、でも——はい」

せっかくなのだから、兄妹で久しぶりに話でもしたら——。

なんて余計なことを言える空気でもなく、ユリアは素直に頷《うなず》くのだった。

第三章　変化

「今日はアルスたちは予定とかあるの？」

唐突に話を切り出してきたのはカレンだ。

今日は三月二十四日――シオンを保護してから三度目の朝を迎えていた。

そして、いつものように五人で朝食を摂《と》っていたのだが、食べ終えた頃を見計らってカレンが先ほどの質問を投げてきたのである。

「特にないな。さっきシオンと商業区にでも行くかって話してたところだ」

「なら、今日はあたしと〝失われた大地〟に行きましょうか」

「いいぞ。シオンはどうだ？」

「構わない」

シオンやアルスが了承すれば、カレンは黙って話を聞いていた姉に目を向ける。

「お姉様たちはどうする？」

「今日も調べたいことがありますので、エルザと一緒に別行動とさせてください」

何をという野暮な質問はしない。当然、シオンに関することだろう。

カレンが了承の意を含めて頷けば、ユリアが彼女の耳元に顔を近づけた。

「……シオンさんのことで少し話したいことがあります」

と、ユリアは言ってから、シオンを気遣ってのことか離れた場所に移動する。

カレンもその後をついていくと姉よりも先に問いかけた。

「それで話って?」

ユリアはこれまで集めた人造魔族に関する話を、情報提供者のことは伏せて伝えた。

「魔力欠乏症……それは間違いないのね?」

「ええ、知り合いに調べてもらっていますが、今のところ期待できるような解決策はありません」

「そう……なら、こっちでも調べてみるわ」

「なにをしているのか聞きませんけど、無茶だけはしないようにお願いしますね」

ユリアの言葉にカレンは苦笑して頷いた。

「大丈夫よ。お姉様が心配するようなことはしてないから」

「それならいいんですけど……あなたは昔から一人で突っ走る傾向がありますから……」

カレンは国を救うために単独で魔法都市に来るような熱血志向の娘だ。

直情的な性格で一度こうと決めたら止まることなく突き進む。

困難に見舞われても持ち前の打開力で大抵のことは何とかしてしまう。

だから今のような性格が形成されたわけだが、一方で脆《もろ》い部分があるのも確かだ。

一度失敗をすると空回りしてしまう。

失敗を取り戻そうと躍起になるあまり、さらに失敗を繰り返してしまうのだ。

そんな欠点を補うために、冷静沈着なエルザを補佐としてカレンの下に送り出した。

ユリアはその判断は間違っていなかったと思っている。

カレンが魔法都市に来てから三年間、上手くやってきたことは〝ヴィルートギルド〟を見ていればよくわかる。ユリアにも知らない苦労があったはず、多くの失敗も経験しただろう。それを乗り越えてきたからこそ、ギルドのレーラーを立派に務められている。

「大丈夫よ。あたしだって成長してるんだから」

ユリアは姉としてその言葉を信じたかったが、どうも不安が抜けきらない。

恩師シオンのためとはいえ、人造魔族を匿《かくま》うといった事柄は相当な重圧があるはずだ。

ギルドを纏《まと》める者としての責任感、友好ギルドや魔法協会への配慮も含めて、もし人造魔族を匿っているのが露見すれば、これまで築きあげてきたものを失いかねない。

そんな不安定な状況で、彼女の直情的な性格が悪いほうへ作用しなければいいのだが。

「一人でなんでも抱え込まないように、困ったことがあれば私を頼るんですよ」

「お姉様、ありがとう。そのときは存分に甘えさせてもらうわ」

仲の良い姉妹はお互いに抱きしめ合うと離れる。それでもユリアは憂慮に堪えない様子だったが、今は信じるしかないとこれ以上の説得は諦めたようだ。

そんなユリアとの会話を終えたカレンはアルスたちの下に向かった。

「さて、準備のほうはできてる？」

「いつでも大丈夫だ」

「シオンもいつでも行ける」

「なら、出発しましょうか、ついてきて」

カレンの案内でアルスたちは〈灯火の姉妹《ヴィルート・シュヴェスター》〉の裏庭に向かう。

周りが建物に囲まれているので、お世辞にも景色は良いとは言えない。

けれど、シューラーたちが訓練できるようにと考えて作られているので結構広い。

そんな敷地の片隅には、薄い板を四方に張り巡らせた場所がある。

そこには男風呂——ドラム缶が置かれていた。その理由は、中年魔導師バンズが男性シューラーたちを率いて女風呂を覗《のぞ》こうとしたので、地下から男風呂を撤去して裏庭にドラム缶が設置された——という、なんとも情けない事情だったりする。

そんな裏庭に踏み入ると、カレンが一つの指輪を取り出してアルスに手渡してきた。

「なんだ？」

「今日はそこで狩りをしましょう」

「面白い場所なのか？」

「それは行ってからのお楽しみね」

カレンはアルスの肩に手を乗せてくる。

「ほら、シオンもどこかに摑《つか》まって、じゃないと転移できないわよ」

指輪についている魔石に込められている魔法は〝転移〟で、指輪の内側に刻まれている数字や文字の羅列は転移先の座標だ。これに魔力を流し込めば魔法石に付与された〝転移〟魔法が反応して目的地に移動できる。

そして、カレンがアルスの肩に手を置いてきたのは、どこでもいいから使用者の一部に触れてさえいれば同じ場所に〝転移〟できるからだ。

ただし、使用者の魔力は人数分消費されるし、魔法石も人数に応じて回数が消費される仕組みとなっている。

「シオンに魔力はあまり使わせたくないから頼んだわ」

カレンが一番気にしているのはそこだろう。

ここ数日、互いに忙しかったせいか、ユリアと会う機会に恵まれなかったようで、カレンはさっき知ることになったようだが、魔力欠乏症の話はアルスも前から聞いていた。

なのでグレティアたちと狩りに行って以降は、シオンに魔力を使わせていない。

「シオンが迷惑をかけてすまない。まあ、でも、そこまで気にする必要はないぞ」

自分のことなのに、どこか他人事《ひとごと》なのがシオンの面白いところだ。

魔力を使い切ったら死ぬと言われても、まだ多くの魔力が彼女の内に眠っている。

だから、深刻な状況であるが、暗い空気にならずに済んでいた。

「それじゃ行くぞ」

アルスが魔力を指輪に流し込めば、一瞬で目の前の風景が変わった。

まばらな森が眼前に広がっている。

近くに川があるのだろう。せせらぎの音が心地良く耳を撫《な》でてくる。

「ここは……」

「その顔だと覚えていたみたいね」

「最近来たばかりだしな……シオンが倒れてた場所だろ」

「そういうこと、最近いろいろ調べてたんだけど、やっぱりシオンを見つけた場所のほうが何か発見できるんじゃないかなって思ったの」

「それを切っ掛けに記憶を取り戻せる可能性もあるかもしれないしな」

「ええ、魔力欠乏症で時間が有限なら、やっぱりシオンを人造魔族にした奴《やつ》を探すのが一番でしょ」

ちらりとシオンを見たカレンは申し訳なさそうな表情を作った。

「シオンに無理をさせるようで申し訳ないんだけど……」

「いや、構わない。自分のためなんだからシオンが頑張らないとな」

と、気にしてないとばかりにシオンは微笑した。

「それで他の連中――シューラーを連れてこなかったのは狩りじゃないからか？」

「理解が早くて助かるわ」

満足そうにカレンは何度か頷くと、アルスの肩をぽんぽんと軽く叩《たた》いてきた。

「そ・れ・で、アルスには【聴覚】があるでしょ。周囲を探ってもらえないかな～？」

「わかった。ちょっと待ってくれ」

「えっ、待って、あっさり引き受けすぎでしょ。あたしの可愛《かわい》いおねだりをもっと――」

「集中するから黙っててくれ」

「あっ、はい……」

何やら抗議するカレンを黙らせて、アルスは目を閉じると【聴覚】の範囲を拡大する。

そして、すぐに目を開けるとカレンに告げた。

「見つけた。すぐ近くだ」

「えっ、早すぎない？」

「そうなのか？　誰かと比べたこともないからな」

この世界に生まれ落ちた時、アルスを看《み》た助産師の巫女《みこ》が、【聴覚】は無能ギフトであるとともに、世界に一つだけしか存在しない稀代《きたい》ギフトであるとも診断した。

当然、同じギフト【聴覚】を持った者と会うこともないので、自分が能力を十全に使いこなせているのかわからず、比べられる対象も周りにはいなかった。

「他の〝探索〟系のギフトと比べたら、かなり早いわよ?」

「それは良いことを聞いた。【聴覚】もなかなか便利なギフトだったみたいだな」

「いやいや、便利どころの話じゃないと思うけど……?」

「シオンもそう思う。アルスのギフトはちょっと——ううん、かなりおかしい」

自覚のないアルスに二人がジト眼《め》を向けてくる。

「そんなことはないさ。ただ聞こえただけで、そこまで褒められるのはむず痒《がゆ》いな」

「それだけで判断してるわけじゃないけど、アルスって自己評価低いわよね」

「オレより強い奴は山ほどいるからな。顔は見たことないが【聴覚】で強い魔導師たちが戦闘しているのを盗み聞きしたことがあるんだ」

「アルスより強い魔導師ねぇ……」

懐疑的な表情を崩さないカレンに、アルスは苦笑を向ける。

アルスは彼女たちの評価に私情が入っていると思っていた。

ユリアやエルザもそうだが、前から妙にアルスへの評価が高いのだ。

何度も褒められるせいで、最近では彼女たちの評価は薄めて聞くことにしている。

それが丁度良い塩梅《あんばい》だとアルスは思っていた。

「それより早く行こう。聞こえたのは人間の足音で間違いないが、それがカレンが欲しい情報をもってる人物とは限らないからな」

カレンが探したいのはシオンの情報を持つ連中なのは間違いない。

「こっちだ。ついてきてくれ」

アルスはカレンたちを導きながら森の中を進んでいくのだった。

＊

誰も気にも留めない名も無き森。その奥深くにぽっかりと空いた空間があった。

そこには二人の人物が立っている。周囲の風景から浮いた彼らの存在は異質だ。

だが、それ以上に彼らの視線の先、燃え盛る建造物がより強い違和感を表していた。

『これで全ての処分が終わりました』

「ご苦労」

一人の男――クリストフは部下を労《ねぎら》いつつ、激しく燃える自身の屋敷を見つめていた。

『よろしかったのですか？　まだ一年ほどしか使ってませんでしたが……』

「いや、処分するのが遅すぎた。最近、二十四理事《ケリュケイオン》の中に怪しい動きを見せる者がいる」

大きな音を立てて崩れ落ちる屋敷を見て、クリストフは面倒臭そうに嘆息する。

「だから〝黒猫〟を逃がしてしまった此処《ここ》を残しておくのは危険すぎる」

『ですが、クリストフ様が直接処分しなくても良かったのでは？』

「ははっ、確かに僕が来る必要はないんだけどね。安心しておきたかったのさ」

『安心ですか？』

「そりゃそうだろう。屋敷から〝黒猫〟を逃がし、さらに見つけたと思えば謎の少年に奪われる。二回も失敗しているんだから駒は信用ができない」

言われて見ればその通りで、部下は反論もできずに押し黙ってしまう。

「それで謎の少年と〝黒猫〟は見つけたのかい？」

『それが……これといった有力な情報が見つからないようです』

「見つからない？　うちの情報網を駆使してもかい？」

『はい。現状の調べでは〝数字持ち《ナンバーズ》〟のギルドにそのような少年は存在しませんでした』

魔法都市のギルドには序列が存在しており、上位二十位まで数字が与えられている。

それ以降は二桁、三桁、四桁と数字無しで呼ぶのが通例だ。

そして、二十位以上は一括《ひとくく》りにして〝数字持ち《ナンバーズ》〟とも呼ばれているのである。

「〝数字持ち《ナンバーズ》〟に所属していないのは驚きだね。僕の駒を単独でやれる実力者が数字も得られない下位組織に埋もれていると？　それはまた面白い冗談だ」

確かに二桁や三桁にも強者は存在するが、魔法都市でも有名な人物であることが多い。

なにより、魔法都市という場所は――強者という存在に敏感で、犯罪者、平民、王族、貴族、貴賤《きせん》関係なく素直に讃《たた》える風土がある。

光り輝く物を持っているのであれば決して雑多の中に埋もれることはないだろう。

クリストフの部下――精鋭たちを倒せるほどの実力者が無名なはずがない。

「ああ……例外がいたね」

考えた末に一人だけ例外が存在していることを思い出した。

誰もが知っているが、誰もその姿を見たことがない。

それでも一部では絶大な人気があって吟遊詩人が詩まで作っている。

地に落ちた聖天、天を知らぬ魔王、世界を喰《く》らい君臨するは〝魔法の神髄《ミーミル》〟。

どこかの吟遊詩人が作ったらしいが、最近になって魔法都市で急に流行《はや》りだした。

「そうだ。〝魔法の神髄《ミーミル》〟――謎の少年がそうであるなら、我々の情報網に引っかからないのも理解できるというもの」

と、言いながらもクリストフは自分の言葉を否定するように鼻で笑った。

「馬鹿馬鹿しい……自分で言っておいて荒唐無稽すぎるな」

しばらく笑っていたクリストフだったが、笑いが収まると部下が口を開いた。

『では、調査の範囲を広げます』

「そうしてくれ。時間はかかるだろうが三桁のギルド、あと個人は魔法協会に登録されている魔導師で第七位階〝能位《パワー》〟まで調べてくれるかい」

一度言葉を切ったクリストフは、何かを考えるように虚空に目をやったが、少し経《た》ってから部下を改めて見た。

「それと〝黒猫〟は別の視点から探してみようか」

『と、言いますと？』

「先入観を捨てるのさ。僕たちは〝黒猫〟が謎の少年に連れ去られたと思っているけど、彼は邪魔をしただけで――実は〝黒猫〟を保護した人物は別にいるかもしれない」

『つまり、この周辺を狩り場にしているギルドが保護した可能性があると？』

「その通り、できるかい？」

『可能です。この周辺に湧き出る魔物の素材を、魔法協会に提出しているギルドを中心に洗い出していきます』

「頭の回転が速くて助かるよ。僕の駒が全てキミのように優秀だと助かるんだけどねぇ」

満足そうに頷《うなず》いたクリストフは再び口を開く。

「それじゃ、あとは任せたよ」

『かしこまりました。それでは失礼します』

部下は頭を下げると〝転移〟して目の前から消えた。

クリストフは焼け落ちる屋敷を、しばらく見つめ続けていたが、やがて指輪を取り出すと指を差し込んだ。すると、彼の姿が消えて静寂だけが残されるのだった。

＊

アルスの〝聴覚〟の範囲から怪しい人物二人の気配が消える。

すると、隣で強張《こわば》っていたカレンから一気に緊張が抜けていった。

「さっきの連中、知ってるのか？」

カレンに質問しながらアルスは隠れていた木陰から抜け出た。

だが、カレンから反応が返ってこなかったので、アルスはシオンに目を向ける。

「あいつらを見てなにか思い出せるようなことはあったか？」

「いや、隠れるのに必死だったから……声はともかく姿までは確認できなかった」

「そうか……なら、確認できたのはカレンだけか」

アルスも連中の姿は確認していない。隠れる時に見える位置をカレンに譲っていたからだ。なので、【聴覚】が拾った音だけで判断したのである。

カレンが顔を伏せて考え込んでしまったので、アルスはシオンと顔を見合わせると、彼女の邪魔をしないように焼け落ちた屋敷跡に近づいた。

「これは見事という他ないな。徹底的に証拠を処分したみたいだ」

「うん。たぶん火を消しても何も見つからないと思う」

アルスが感心したように言えば、シオンが同意するように頷いた。

「だよな。どうするか……」

ここまで徹底的に破壊されたらお手上げだ。

実はさっきの二人を捕らえられるかどうか試してみようと思ったのだが、実行に移す直前でカレンに腕を掴《つか》まれて制止されたのである。

「一人はクリストフ・カップーロ。序列八位〝マリツィアギルド〟に所属してる」

背後から声をかけられて振り返れば、思考から抜け出したカレンが神妙な面持ちで立っていた。

「魔法都市で知らない者はいないほどの有名人よ」

まるで自分を納得させるように、カレンはゆっくりと語った。

「魔王グリム・ジャンバールの〝頭脳〟と呼ばれているわ」

*

「〝奇人〟クリストフ・カップーロ」

と、目の前の男――ヴェルグが呟《つぶや》いた。

人名からの切り出しに、ユリアの形の良い眉が怪訝《けげん》そうに歪《ゆが》む。

「魔法都市に来たばかりなので、その方の名前は存じ上げません」

素直にユリアが言えば、ヴェルグは納得したように何度も頷いた。

「いや、失礼。彼は魔王グリム・ジャンバールの〝頭脳〟と呼ばれている男で、三年前の〝ラヴンデルギルド〟と〝マリツィアギルド〟の抗争――いわゆる〝俊英戦争〟の中心人物だった者です」

〝俊英戦争〟――若手トップだったシオンとグリムのギルド抗争のことを指している。

当時、どちらも魔法都市で有数の大勢力を築き上げていた。

その二つが戦端を開けば、与《くみ》するギルドもまた否応《いやおう》なく戦いに巻き込まれる。

誰もが大規模な戦いになることを予想した。

だが、予想に反して過去に類を見ない巨大ギルド同士の戦いは僅か三日で終わる。

「〝ラヴンデルギルド〟は潔癖すぎたのです。理想だけを胸に己《おの》が正義を信じて〝マリツィアギルド〟に純粋に挑むことしかしなかった」

結果は惨敗――大敗した〝ラヴンデルギルド〟は解散した。

「〝ラヴンデルギルド〟には五十四名の魔導師が所属していたようですが、その全てが死亡したようですね」

書類の束を片手に文字の羅列を流し読みしていたヴェルグが平然と言った。

「ギルド同士の抗争で死者が――それも全員が戦死するようなことがあるんですか？」

ユリアは信じられないといった顔で、ヴェルグではなくエルザに視線を向けていた。

「普通であれば、ありえないことです。本来の抗争は一定のルールが設けられ、死傷者が極力でないように配慮されるのが通例です。なので怪我人《けがにん》がでないとは言いませんが、全員が戦死するようなことはないでしょう」

エルザが淡々と説明してくれる。驚きがないのは彼女も知っていたのだろう。

だが、ユリアよりも長い年月を魔法都市で暮らしている彼女からしても、異常だと感じる抗争が一体なぜ起きたのか。

そんなユリアの疑問に答えるように、ヴェルグが書類の一枚を差し出してきた。

「私も疑問に思いましてね。そこで魔法協会にいる知り合いに詳細を聞きましたら——〝奇人〟クリストフ・カップーロの名前が挙がったんですよ」

差し出された一枚の紙にはクリストフの経歴が書かれている。

隠し撮りしたらしき写真が貼り付けられており、眼鏡をかけた優男が写っていた。

「当時の二十四理事《ケリュケイオン》は、どんどん出世する若手——特にシオン殿と魔王グリムの二人を危険視していたようです」

魔法協会を運営する二十四理事《ケリュケイオン》は、魔王になれなかった者たちで構成されている。

実力者ではあるが一歩及ばず、下からはどんどん若手が現れて突き上げられる立場。

だから、中途半端な位置で燻《くすぶ》り続ける彼らは生き残る術《すべ》として策謀を巡らせる。

次々と現れる才能に溢《あふ》れた若手にどす黒い嫉妬の炎を燃やしながら、世間の厳しさを教えるとばかりに狡猾《こうかつ》な罠《わな》を張り巡らせるのだ。

「そこでクリストフが魔王グリムの地位を盤石なものにすべく、二十四理事《ケリュケイオン》に近づいて〝ラヴンデルギルド〟を贄《にえ》にすることを決めたのです」

更に一枚の紙を書類から抜いたヴェルグは楽しげな笑みを浮かべる。

「利害が一致したんでしょう。とんとん拍子で進んだようですよ」

そこまで説明を受けたユリアは察することができた。

要するにシオンは権力者たちへの根回しをせずに、夢見る子供のように純粋にギルド同士の決闘だと信じてしまったのだろう。

仕組まれた抗争——その背景にどす黒い欲に塗《まみ》れた思惑があろうとも、シオン率いる〝ラヴンデルギルド〟は正々堂々と戦った。そして、敗れ去ったのだ。

「あまりにも凄惨な出来事に当時は批判も浴びたようですが、声をあげた者たちも全て粛清されたそうです。それでもまだ声をあげる者たちはいたそうですが……」

別の書類の束を差し出してきたヴェルグは肩を竦《すく》める。

「今はもう話題にすらならない。なぜなら、関わったとされる二十四理事《ケリュケイオン》たちに不審死が相次いだそうで、責任を追及できる者がいなくなったそうです」

「真実は闇の中というわけですか……」

「ええ、〝マリツィアギルド〟に都合の悪い者たちは全て消えて、魔王グリムの地位は盤石となった。さすが魔王の〝頭脳〟クリストフ、見事という他ありませんね」

ユリアが書類の束を受け取ると、それを確認したヴェルグは小さく嘆息した。

「良くも悪くも分水嶺《ぶんすいれい》だったんでしょう」

そんな締めの言葉を聞きながら、ユリアは書類を捲《めく》り続けていた手を止める。

なんてことはない一文。

特に重要な事柄でもないのか、短い説明文で終わっていた。

「………抗争の切っ掛けは退廃地区での喧嘩《けんか》、ですか」

「理由はなんでも良かったんでしょう。気にするようなことではありませんよ」

ヴェルグの反応が普通なのだろう。

けれども、ユリアの脳裏には紅髪の少女の姿があった。

「これは……面倒なことになりそうですね」

もし自分が紅髪の少女と同じ立場だったらどうするだろう。

自分が切っ掛けで一つのギルドを潰してしまったのだとしたら、取り返しのつかないことになったのなら……それでも一度は諦めたものが、また目の前に現れて、取り戻せるかもしれないのなら、自分ならどうするだろうか。

ああ――……、ユリアは妹の心を慮《おもんぱか》って嘆いた。

きっと、昔日の罪を償いたいと手を差し伸べる。

もう二度と同じ過ちはしないと誓うだろう。

＊

ユリアがヴェルグと会っている頃、アルスたちは〈灯火の姉妹《ヴィルート・シュヴェスター》〉に戻ってきていた。

一応、あの後、カレンたちと共に焼け落ちた建造物を調べたが、これといった物は見つからなかった。それでも謎の人物二人が〝マリツィアギルド〟に所属しているとわかったのは成果の一つで――更に片方がクリストフだとわかったのは僥倖《ぎょうこう》だった。

「しばらくは大人しくしておいたほうがいいか？」

アルスたちは今後のことを応接室で話し合っていた。

「いえ、アルスは今まで通りでいいわ」

アルスの質問にカレンは答えるがその表情は暗い。

「問題はシオンね。少し外出は控えてもらわないといけないかも」

相手が調査範囲を広げたせいで、見つかる可能性が高まったからである。

アルスの正体が摑めず相手は相当混乱しているようだったが、シオンに関しては非常にまずい状況になりつつある。あの周辺を狩り場にしているギルドは少ない。

すぐに〝ヴィルートギルド〟の存在が浮かび上がるだろう。

もし、シオンを匿《かくま》っていることが明るみに出た場合、〝ヴィルートギルド〟はペナルティによって解散だろうが、最悪なのは連座となって周辺にも危害が及んだときだ。

「本当なら逆の立場——あいつらが責められるべきなんだけどね」

普通なら〝魔族創造〟という三大禁忌に手をだした〝マリツィアギルド〟が責められる状況なのだが、カレンたちが彼らが関わっていることに気づいたのは先ほどのことで、後手に回っている感は否めない。

「証拠が欲しいけど燃やされちゃったから……とりあえず、あたしのほうで〝マリツィアギルド〟を調べて情報を集めてみるわ」

一応の手がかりは得た。今はそれで良しとするしかない。

あとは〝魔族創造〟の証拠を手に入れて、魔法協会に提出するしかないだろう。

「上手《うま》く証拠を集めたとして……本当に二十四理事《ケリュケイオン》は動くのか？」

「自分本位な連中ばかりよ。魔王グリムを蹴落としたい連中は一斉に追及するでしょ」

逆に言うと証拠がなければ二十四理事《ケリュケイオン》は動かない。

自分たちが不利な状況になるのは避けたいからだ。

「それで証拠が集まるまでは、シオンには窮屈な思いをさせちゃうけど……」

「別に構わない。すごく世話になっているから、どんなことでも協力させてもらう」

素直にシオンが頷《うなず》いた時、応接室の扉が叩《たた》かれた。

一瞬、カレンが警戒する素振りを見せたが、入ってきたのがユリアとエルザだと気づいてすぐさま力を抜いた。

「二人ともおかえりなさい」

「ただいま帰りました」

ユリアは部屋に入ってくると、カレンの対面にいるアルスの隣に当然とばかりに腰を下ろした。エルザは何も言わず頭を下げて、部屋に常備されているお茶を用意し始める。

「お姉様のほうはどうだった？」

「人造魔族に関する新情報はまだ何もありません。カレンのほうはどうです？」

「手がかりは得たわ」

カレンは自分たちが得た情報をユリアに伝える。

クリストフのことも隠さずに話を進めていけばユリアの表情が変わっていった。

「お姉様、気難しい顔してどうしたの？　なにか気になることでもあった？」

「……全部〝マリツィアギルド〟が絡んでいませんか？」

人造魔族、シオンの件、三年前のことなど、これまで調査をしてきたわけだが、ある程度の情報が集まってみれば、全てが一つのギルドに繋《つな》がっている。

否――クリストフ・カップーロに繋がってしまう。

「なら、クリストフを調べれば自《おの》ずと答えが見つかるかもしれないわね」

「では、今後はクリストフを集中して調べましょうか？」

「ううん。お姉様には引き続き人造魔族のことを調べておいてほしいの」

「カレンはどうするのですか？」

「あたしはクリストフのことを調べるわ」

「大丈夫なのですか？」

「心配しなくても大丈夫、そんなに深入りするつもりはないわよ。相手は魔王ギルドの幹部だもの」

苦笑交じりにカレンは言ったが、ユリアは信用していないのか怪訝《けげん》な表情だ。

「そんな顔で見ないでよ。本当に大丈夫だってば！」

「わかりました……相手は魔王のギルド、あなたも無茶はできないでしょう」

まだ不安な部分は多々あれど、これでもカレンはギルドの長《おさ》という立場だ。

いくら直情的な性格をしていると言っても、相手が魔王のギルドともなれば、カレンもさすがに少しは慎重な行動をとるだろう。

「当たり前じゃない。魔王に挑もうと思ったら第二階位〝熾位《セラフィム》〟にならないと無理だし、勝手に挑んだりしたらペナルティを受けるのはこっちなのよ」

嘆息したカレンの前に、エルザが用意したお茶を置いた。

落ち着く香りが部屋を満たして、張り詰めていた空気が若干柔らかくなる。

「お話も一区切りついたようですし、ここで少し休憩にしましょう」

「エルザ、ありがとー」

「お菓子も用意してあります」

いつもと変わらないエルザの言葉を契機にして和やかな空気が流れ始めた。

シオンはすでに用意されたクッキーを大量に頬張っている。

そんな光景を見つめていたアルスは、

(オレにできることをするか……)

自身のやろうとしていることが、役に立つかどうかはわからない。

もしかしたら、彼女たちの未来を歪《ゆが》める方法かもしれない。

それでも――、

(後悔するよりはマシだな)

お茶の香りで心を落ち着かせながら、アルスは窓に視線を向ける。

夜の帳《とばり》が降りようとしていた。

＊

どんな一日を過ごしても、夜が訪れたら朝は必ずやってくる。

飽きることのない布団の温《ぬく》もりを感じて、手放したくない眠気との戦いに勝利する。

それが普通の目覚めというものだろう。しかし、最近のアルスの目覚めは違う。

いつものように足下の奇妙な感触を始まりとしてアルスは目を覚ました。

掛け布団をめくって足を確認すれば、黒猫姿のシオンが丸まっている。

「また忍び込んだのか……」

寝台から降りたアルスは窓際に向かう。

カーテンを一気に開くと朝日が強く眼球を刺激してきた。

同時に眠気も吹き飛んで、また新たな一日が始まるのだと妙な期待感が沸き上がる。

それから顔を洗いに行こうとしたところ、シオンも目を覚ましたようで床に飛び降りると人型に戻った。

「おはよう。また勝手に抜け出したのか？」

「おはよう。いや、昨日はカレンがいなかった」

「……そうか。どこに行ったのか知ってるのか？」

「いや、気づいたらいなかったから……それで一人で寝るのは寂しいから、ここに来た」

駄目だったか……？　と、シオンに小首を傾《かし》げられる。

これが世の男性だったのなら、彼女の虜《とりこ》になって有無も言えないのだろう。

しかし、アルスは魅了されることなく微笑を浮かべると、シオンの頭を優しく撫《な》でた。

「いや、オレなんかで良ければいつでも一緒に寝てやる」

「そうか」

嬉《うれ》しそうに眼《め》を細めたシオンは、まるで猫のように喉を鳴らす。

「まあ、カレンのことは後で話すとして、それより顔を洗って朝食を食べるとするか」

アルスはシオンを連れて〈灯火の姉妹《ヴィルート・シュヴェスター》〉の裏庭にある井戸に向かう。

顔を洗った後は朝練をするシューラーたちと挨拶を交わしながらホールへ。

いつもの場所にはユリアだけが席についていた。

世話好きのエルザはいつものように給仕をやっているようで、アルスたちの姿を認めると食事を運び始める。

「アルス、シオンさん、おはようございます」

「ユリア、おはよう。それと、カレンが昨日から帰ってきてないみたいなんだが、なにか聞いてるか？」

アルスが挨拶と同時に尋ねれば、思案顔になったユリアは顎に手をあてる。

「先ほど部屋に寄ったときは寝ている様子でしたが……深夜に帰ってきたということでしょうか？」

「かもしれないな。シオンが昨日カレンがいなかったことを確認してる」

「……まったく、あの娘《こ》は本当に言うことを聞いてくれませんね」

昨日、無茶はしないと話し合ったばかりなのに、早速カレンは夜に飛び出して朝方に帰ってきたようだ。これが夜遊びの範疇《はんちゅう》であったなら、別の心配はしてもユリアがここまで頭を悩ませることはなかっただろう。

「起きたら説教ですね」

嘆息した後にテーブルに並べられた料理を見てユリアは手を叩いた。

「エルザの料理が冷めてしまいますし、いただきましょうか」

ユリアの許可がでたことで、涎《よだれ》を垂らしていたシオンが食事にがっつき始める。

アルスも食事に手をつけ始めた頃、カレンが欠伸《あくび》をしながら姿を現した。

「おはよ〜……」

挨拶もそこそこに、目を擦《こす》りながらカレンが席に着く。

「エルザ〜、あたしサンドイッチでいいや〜」

「かしこまりました。少々お待ちを」

いきなり注文を受けても、エルザは文句も言わずに厨房《ちゅうぼう》へ消えていく。

「カレン、昨日はどこに行ってたんですか?」

「いや〜……お姉様ったら、そんな怖い顔しないでよ。怒った顔も素敵だけどね」

と、可愛《かわい》らしく姉にウィンクしたカレンの前にサンドイッチが置かれた。

「軽めにしておきました。足りなければ言ってくださいね」

「さすが、エルザ。わかってるわね～」

サンドイッチを摘《つ》まんで齧《かじ》り「美味《おい》しい～」と言いながらカレンは姉に目を向ける。

「それで昨日のことだけどね。眠れなかったから〝マリツィアギルド〟のことを、バベルの塔で調べてたの」

「何かわかりましたか？」

「ん～……特にこれといった目新しい情報はなかったわね」

バベルの塔には膨大な資料が保管されているが、位階によって閲覧できる範囲は制限されている。それにギルド単体に関する情報なんてもっと少ないだろう。

一体カレンはなにを調べようとしているのか。

ユリアも気になったのだろう。口を開きかけたが多少の間が空いてしまったことで、カレンに話題を変える時間を与えてしまった。

「それで今日は皆はどうするの？」

カレンの質問にユリアは艶《つや》やかな唇を引き結ぶと言葉を呑《の》み込んだ。

それから時機を逸したと判断したのか、諦めたような表情を作ると口を開いた。

「今日の私はシオンさんとお留守番ですね」

シオンを外出させることができなくなったので、事情を知っている四人の中で必ず一人は付いていることになったのである。

「せっかくなので久しぶりに編み物でもしようかと思っています」

と、締めくくったユリアは、エルザが用意した食後のお茶を飲みながら微笑《ほほえ》む。

「へえ～……あら、それじゃあ、エルザはどうするの？」

「わたしはアルスさんの付き添いですね」

「あら、デート？」

ニヤリとカレンが口角を吊《つ》り上げる。

「そうだな。二人きりだからデートだ」

アルスがあっさり認める。その隣に座るエルザも否定することなく頷《うなず》いていた。

カレンは揶揄《からか》おうとしていたのだろうが、アルスたちの表情を見ると諦めたようだ。

「アルスってば少しは照れたらどうなの？」

いつもと変わらず、アルスは平然としている。普通なら照れる場面でも、彼はいつも泰然としていた。ならば、エルザを標的にしようとしても、彼女も無表情でいつも通りだ。

「反応がないってのも、つまんないわねぇ……」

不満そうに嘆息するカレンの前で、エルザはアルスにお茶を差し出していた。

相手が要求しなくても欲しい物が伝わっている。

阿吽《あうん》の呼吸とでも言うのか、熟年夫婦みたいなやり取りに、カレンは辟易《へきえき》とした表情を浮かべる。これで甘い空気が漂っていたら冷やかしたりするのだが、二人の間に漂う空気が完成されすぎていて、これに関わったらカレンが逆に照れてしまいそうだった。

　エルザとユリアを入れ替えたら、また違った反応を示してくれるので楽しいのだが、そんな姉はシオンと共に何を編むか相談している。

「まあ、いいや。それでアルスは今日は何をするの？」

「いくつか常設依頼を受けようと思ってる。でも、受付で色々と申請しなきゃいけないだろ。それをエルザに手伝ってもらうつもりなんだ」

　アルスはそう言いながら自身の左手薬指――位階を示す指輪を見せた。

　第十二位階〝王位《レガリア》〟の宝石が嵌《は》まっている。

　魔物を倒せば指輪の宝石に経験値が蓄積されていく仕組みになっている。

　これをバベルの塔にある受付に渡すことで、蓄積された経験値から位階を上げていいかどうかの判断が成されるらしい。また、その時に魔物の素材を渡せば一定の経験値が付与される。それは魔法協会が発行している常設依頼を達成したときも同様だ。

「一度、申請しておいたほうがいいかもね。これまで蓄積された経験値を考えれば、位階が上がると思うわよ」

「そんなにか？」

　確かにカレンたちの遠征に付き添って大量の魔物を討伐しているが、手に入れた素材は全て金貨に換えて貰《もら》っていたので経験値が貯《た》まっていない気がしていたのだ。

「第六位階〝力位《ヴァーチユー》〟までは結構ぽんぽん上がるわよ。そのあたりから魔法協会に強制依頼の達成とか要求されるから伸び悩む魔導師も多いけどね」

話を終えたカレンは、ふわぁ、と欠伸を一つ。

「さてと……お腹《なか》も膨れたから、もうちょっと寝てくるわね」

関節の動きを確かめるように、腕や肩を大きく動かしながらカレンは立ち上がった。

「それじゃお先に失礼するわ。エルザ、今日の朝食も美味しかったわよ」

後ろ手を振りながら、カレンは二階に繋《つな》がる階段に向かう。

「たまにあの娘の生き方が羨ましく思う時がありますわ」

と、ユリアがカレンの背中を見ながら呟《つぶや》いた。

同意するようにアルスは頷く。彼女の言うこともわからないでもなかったからだ。

カレンは好き勝手に振る舞ったり、自分本位なところが見え隠れする時がある。

それでも憎めない性格をしているのだから、生まれ持った天性の愛嬌《あいきょう》なのだろう。

そんな自由とも言える生き方は、アルスが幽閉されていた頃に望んでいたものだ。

前から思っていたがカレンには学ぶところがいっぱいありそうだった。

「アルス、あまりカレンを参考にしたら駄目ですよ。あれはあの娘だから大丈夫なだけであって、同じような振る舞いがアルスに合うとは限りません」

アルスの考えが顔にでていたのかユリアに注意されてしまう。

「そうですね。それにカレン様のあれは、わざと振る舞っている部分もあります」

エルザがユリアの言葉に頷きながら説明してくれる。

「カレン様はああ見えて、とても空気を読むのに長《た》けています。相手の感情の機微を読み取り、空気を壊さないように緩急をつけるのが非常に上手《うま》いのです」

まだ幼さを残しているが、それでも一つのギルドを纏《まと》めるレーラーなのだ。

魔法協会の中枢にいる魑魅《ちみ》魍魎《もうりょう》と比べれば可愛いものだろうが、それでも多くの失敗を重ねて成長してきた。

「落ち着きがないのが欠点ですが……それでもギルドをここまで大きくした手腕は確かですし、シューラーたちにも慕われているのも間違いありません」

「確かに……カレンは良くも悪くもムードメーカーだからな」

普通ならシオンのことを考えれば、こんなに悠長なことをしている状況ではない。

それがこんな和らいだ雰囲気を維持できているのは、シオン自身が深刻に捉えていないということもあるだろうが、一番はカレンがそうならないように努めて明るく振る舞っているからである。

だからこそ、カレンの負担を減らしたいと誰もが思っているのだ。

けれど、ここ数日のカレンを顧みれば、彼女はあまりこちらを頼ってくれない。

故にこっちも好きに行動させてもらうことにした。

待ち続けるだけでは意味がない。

アルスもまた席を立ち上がり、エルザに視線を向ける。

「じゃあ、オレたちもそろそろ行くか」

後々文句を言われようとも、できる限りのことはしておきたかった。

*

中天に太陽が昇る頃、ユリアは私室にてシオンに編み物を教えていた。

けれども、朝からずっと集中して取り組んでいたから、今は休憩中である。

「実はシオンさんはすぐに飽きるものだと思っていました」

意外にもシオンは朝からずっと編み物を楽しんでいた。

彼女の性格からして、すぐに飽きると思っていたユリアは、一応その時用にお菓子作りなども考えていたが必要なかったようだ。

「面白いぞ。いつか、あれぐらいの力作を作ってみたいものだ」

シオンが視線を向けたのは部屋の一角——ぬいぐるみコーナーである。

大、中、小と様々な大きさの動物のぬいぐるみが置かれていた。

ユリアの弟子一号エルザの手作りで——これは、ほんの一部である。

　ある日を境にエルザは可愛らしい置物を好むようになった。

　しかし、商業用で満足できなくなったエルザは、ユリアに弟子入りを志願、今では売り物としてだしても恥ずかしくないほどの腕前となっていた。

「シオンさんぐらいのやる気があれば、すぐに作れるようになると思いますよ」

　師匠であるユリアを既に超えたエルザほどでないが、シオンにも十分な素質はあった。

「そ、そうか、それは楽しみだ。頑張ってみるよ」

　ユリアの笑顔を見て、視線を逸《そ》らしたシオンは頬を引き攣《つ》らせていた。

　よくわからないが、シオンは時折こういった奇妙な反応を見せる時がある。

「……私の顔になにかついてますか？」

「い、いや、そういうわけじゃないんだが……」

「別に怒ったりしませんから、気になることがあるなら言っていただけると嬉《うれ》しいです」

「な、なら言わせてもらうが……ユリアの笑顔が怖い時がある」

　シオンからの指摘にユリアは眼《め》を細める。

「怖い、ですか……それは興味深いですね」

　人造魔族――人間から離れた結果、本能が強まったのだろうか。

　だから、些細《ささい》な表情の変化から感情の機微を読み取れるようになったのか。

　自分の笑顔の裏に潜む感情に気づかれたのは、

――エルザ以来だ。

椅子から立ち上がったユリアは、その足をシオンの下に運ぶ。

彼女の肩に手を置いて、その耳元に顔を近づけて囁《ささや》く。

「ねえ、教えていただけませんか、どういった時に私は怖いのでしょうか」

「喜びに溢《あふ》れている時、不満を懐《いだ》いている時、悲しみに暮れている時かな……」

そう語るシオンの首に両腕を回すことで、ユリアは背後から抱きしめる格好になる。

「で、でも、特に怖いと思ったのは――」

躊躇《ためら》いがちに放たれた言葉、そこに潜む感情に気づいたユリアは腕に力を込めていく。

「――アルスを見ている時だ」

一体、今の自分はどのような顔をしているのだろうか。

わからないが、真綿に染みこむ水のように、ユリアは徐々にシオンの首を絞めていく。

「うっ、ゆ、ユリア？」

「あら、ごめんなさい」

苦しげな声が聞こえたことでユリアはシオンを解放する。

それから何もなかったかのように棒針を手に取ると笑みを浮かべた。

「では、続きから始めましょうか、わからないことがあれば遠慮なく聞いてくださいね」

「う、うん……」

コロコロと変わる空気に戸惑いながら、シオンは恐怖で顔を引き攣らせたまま頷《うなず》く。

この状況から解放されたいと願いながら、窓の向こう側にある空を見つめるのだった。

*

シオンが恐怖で震えている頃、アルスとエルザは〝失われた大地〟に到着していた。

「結構な数の依頼を受けましたね」

紙の束から視線をあげたエルザは、目の前で淡々と魔物を屠《ほふ》り続ける少年を見た。

アルスが相手をしているのは、リプリプと呼ばれる狼《おおかみ》型の魔物。

群れたら厄介だが、単体だとさほど苦労もせず倒せるため討伐難易度はＬｖ．２だ。

「他のも手頃な魔物ばかり……これではあまり経験値も稼げません」

アルスが引き受けた依頼のほとんどが低域に生息している魔物の討伐ばかりだ。

これといった素材も落とさないので金策にもならない。

「常設依頼を受けたと思ったら、こんな誰も受けないような討伐依頼ばかり……」

困ったような顔をするエルザは首を傾《かし》げる。

「てっきり、アルスさんは位階をあげたいのかと思いましたが、実はそうではなかったりするんですか？」

「いや、位階はあげるつもりだが、今回優先するのはこいつらの素材だ」

「ルノド、リプリプ、ボドルコ――どれも美味《おい》しくない魔物です。ついでに採れる素材は……銅貨一枚の値がつくかどうかでしょう」

「なんで、食べることを前提にしているのかわからないが……確かにエルザが列挙した魔物たちは人気がないな」

苦笑したアルスは、倒したばかりのリプリプ――狼のような魔物に視線を落とした。

「でも、こいつらの眼球、骨、血、内臓は全く別のことに活用できる」

「……なにか作るつもりなんですか？」

「ああ、成功するかわからないけど、とりあえず試しておきたいんだ」

なにを作ろうとしているのかは知らないが、貴重なものなのは確かだろう。

なぜなら、少年の知識量は信じられないものだからだ。

エルザは彼の正体を知っている。

世界最強の魔導師。

――〝魔法の神髄《ミーミル》〟

世界中の魔導師が、国家が、権力者が、総力をあげて彼を探している。

彼の頭脳を、蓄えられた知識を、未知なる魔法を狙っているからだ。
だから、彼を世界から隠し続けている。その正体をまだ知られるわけにはいかない。
それはエルザの主――ユリアが考えていることだった。
(ですが、アルスさんと出会ってからのユリア様は――変わられた)
少年を守りたい――のだと思うのだが、たまにわからなくなるのだ。
長年仕えているエルザでさえ、ユリアが何を考えているのかわからない時がある。
「エルザ？」
と、声をかけられてエルザは何度か瞬《まばた》きをした。
いつの間にか鼻先までアルスの顔が近づいてきていたのだ。
考え込んでいたエルザの思考は止まってしまう。
なぜ、こんなにも近くにいるのか、それほど深く自分は黙考していたのか。
そもそも、こんなにも顔を近づけたら、ちょっとした弾みで唇が重なってしまう。
もしやそれを狙っているのか、いや、目を閉じるべきなのか、だから二人きりなのか。
色々な疑問が駆け巡るエルザの頭は、もはや正常な判断ができなくなっていた。
「そろそろ移動するけど、大丈夫か？」
「あぁ……そうでしたね。そういう目的ではありませんでしたね」
アルスの冷静な言葉に、冷や水を浴びせられた気分になって、エルザは平常心を取り戻した。そんな彼女を見たアルスが不思議そうに首を傾げる。

「ん？　どうかしたか？」

「いえ、なんでもありません」

「そうか、なら、次の魔物を探しにいくか」

前を歩き始めたアルスについていけば、程なくして巨大な魔物が現れる。

牛のような顔をした首が三つ、それを支える胴体は亀のように丸く甲羅を持っていた。

四本足から伸びる爪は鋭く、触れるだけで皮膚を軽く引き裂くだろう。

そんな三つ首を持つ魔物の名はドヨセイフ。

このような低域にいていい魔物ではない。本来は中域——領域主に数えられる一匹だ。

その討伐難易度はＬｖ．７。

アルスがいても勝てるかどうか、弓を素早く構えたエルザは矢を放つ。

「アルスさん！　援護します。その間に撤退の準備を！」

切羽詰まったエルザは珍しく感情を露《あら》わに叫ぶが、意外にもその頭は冷静だった。

「〝氷撃《フロストバイト》〟」

矢が刺さると同時に詠唱破棄して魔法を発動させる。

巨大な氷がドヨセイフに突き刺さった——だが、効いた様子はない。

「硬い。さすが領域主……全くダメージを与えられないなんて……」

エルザは絶望感に打ちひしがれるも、新しく矢をつがえて諦めず攻撃しようとする。

そして――涼しげな顔で眺めているだけのアルスを見て驚いた。

「あ、アルスさん、なにをしてるんです!?」

「ん？　えっ、どうした？」

「なんで、そんな不思議そうな顔を――この状況を理解してますか!?」

余裕のないエルザは、いつもの無表情ではなかった。

そこには年相応の感情が浮かんでいる。

エルザは感情をあまり表にださない。自身を律する方法を熟知しているからだ。

でも、アルスを相手にすると不本意なことに封印した感情が引き出されてしまう。

「なんでって……こっちの台詞《せりふ》だよ。そいつ、そんなに強いのか？」

幽閉されていた影響で、アルスは世間に疎く――危機意識も薄い。

その危機感のなさは、エルザに感情の発露を覚えさせてくれたほどだ。

普通なら躊躇うであろう魔物にも、アルスは楽しそうに突っ込んでいく。

つまり、常識では考えられない戦い方をするのだ。

ドヨセイフとの遭遇。それは死を覚悟するものなのに、彼はいつだって変わらない。

「当たり前じゃないですか……だから、逃げま――」

――すよ。と最後まで言い終えることはできなかった。

アルスがいつものように、笑みを浮かべてドヨセイフに突っ込んでいったからだ。

「カレンもそうだが、エルザもいちいち言うことが大袈裟《おおげさ》なんだよな」

なんて捨て台詞を吐いたアルスはドヨセイフと交戦を開始する。

怒る気力もない。彼にはそれを言えるだけの実力があることを知っているからだ。

現に彼はドヨセイフと対等に渡り合っていた。もはや、先ほどまでの緊張感はない。

修理されたばかりの短剣の刃から光が瞬いた。

その剣閃《けんせん》は凄《すさ》まじいものだが、エルザからすればひどく危なっかしい太刀筋だ。

迫り来るドヨセイフの巨大な腕を避ける姿は肝が冷えてしまう。

全てが紙一重。少しの失敗でアルスの首から上はなくなり、身体《からだ》は木《こ》っ端微塵《ぱみじん》だろう。

アルスの正体を知っていなければ、決して前線では戦わせたくない。

あまりにも戦い方が素人なのだ。

なのに魔物を翻弄している。夢でも見ているのかと錯覚してしまう。

エルザからすれば目の前の戦いは化物と英雄の死闘ではない。

玩具《おもちゃ》の剣を与えられた赤ん坊が、化物と気づかずにじゃれているようにしか見えない。

そんな非現実的な光景の中で血飛沫《ちしぶき》があがり、ドヨセイフの断末魔の声が空に打ち上がる。

面白いぐらいにアルスの斬撃が当たり、ドヨセイフは瞬く間に血塗《ちまみ》れになっていく。

「〝竜咆《ファーヴニル》〟」

アルスがトドメとばかりに魔法を放ったことで、硬い甲羅に巨大な風穴が空き、周囲に内臓が派手に散らばった。そして、呆然《ぼうぜん》と戦いを眺めていたエルザは、避《よ》けることができず頭からドヨセイフの血を浴びる。

大地に沈んだドヨセイフを確認したアルスがエルザに振り向いてきた。

「悪いな。てっきり避けると思ったんだけど……」

「いえ、ぼーっとしてたわたしが悪いのです。気にしないでください」

「そう言われてもな」

アルスは困ったように後頭部を掻《か》いた。返り血を浴びたエルザが気になるのだろう。

「えっ……」

「そういえば、近くに川がある——さっき音が聞こえたんだ。そこで洗うか？」

「最近暖かくなってきたからな。まあ、風邪は引かないと思う」

アルスはエルザの肩を引き寄せると歩き始める。

「案内してやるよ」

「えっ？　えっ？」

エルザは戸惑うが、足は止まることなく進んで、あっさり川へ辿《たど》り着いてしまう。

「うん。綺麗《きれい》な川だ。ほら、服を脱いで入るといい」

何度か全てを見られているが、白昼堂々と服を脱ぐのは、さすがのエルザも躊躇《ためら》う。それでも将来夫となるアルスが望むのなら――エルザは覚悟を決めるしかなかった。

「……わかりました」

きっと自分の本気を試されているのだ。

夫だ。子供だ。なんだかんだ言いながら中途半端に足踏みしている状態だ。だから、アルスは焦《じ》れているのかもしれない。

「見ていてください……。わたしの全てを……」

顔を羞恥で赤く染めながら、エルザは意を決して口にした。

それに対してアルスは笑顔を向けてくる。

「ああ、ゆっくり洗うといい。オレはその間に素材を採ってくるよ。さっきから音が聞こえるんだ。次の獲物が近くにいるみたいだ」

「……………は？」

思わずエルザは殺気をこめてしまったが、

「……………は？」

やはり間違っていないと思って、もう一度殺気を込めてみるが、いろんな意味で鈍いアルスは背を向けて去って行く。

「えっ……本当に行ってしまわれるのですか？」

いつもなら背中を流してやるとか、脱がしてやるとか、色々言ってくるはずなのだが。

だが、最近のことを顧みれば、アルスも今はそんな余裕がないのかもしれない。

それでも、そうだとしても。

「人の気持ちをなんだと…………────ァッ!!」

エルザは声にならない怒りを吐き出すと、これまでの鬱憤を晴らすように凄まじい勢いで地面を抉《えぐ》り蹴った。

＊

アルスが〝失われた大地〟から戻ってきたのは日が暮れてからだった。

歓楽区はこれから時間が進む度に、人の往来が活発になり賑《にぎ》わいを見せ始めるだろう。

それは酒場〈灯火の姉妹《ヴィルート・シュヴエスター》〉も同様だ。

アルスはエルザと共に、客で溢《あふ》れ始めている入口を避けて裏口から入った。

「あら、アルス、エルザ、おかえりなさい」

ユリアの部屋に行くため、三階の廊下を歩いていると、前からカレンがやってくる。

「……エルザ、どうしたの？」

カレンにもわかったようだ。

先ほどからアルスの隣にいるエルザが不機嫌を隠そうともしていないことを。

「さあ、なんか狩りの途中から機嫌が悪いんだよな」

「……ふぅん、まあ、アルスが原因なのはわかったわ」

アルスとエルザを交互に眺めてから、カレンは納得したように呟《つぶや》いた。

「オレなのか？」

「うん。だって、エルザが感情を表にだすのって、アルス関連しかないじゃない」

「だとすると……やっぱり背中とか流してやったほうが良かったのか」

「うん？　なにそれ？」

カレンはアルスの言葉を理解できなかったようで、ぽかんとした表情をする。

そんな彼女を無視したアルスは、エルザの肩を叩《たた》いて納得した素振りを見せていた。

「悪かったな。今度は背中を流すよ」

「合ってます……腹が立つほど合ってますけど、根本的な部分で理解してません」

「だから、背中を流して欲しかったんだろ？」

「ですから、そこに至るまでの過程の重要度を理解しろ。と、言いたいわけです」

そんな言い争う二人を眺めていたカレンは仲裁に入った。

「はいはい、痴話喧嘩《ちわげんか》はやめなさい。なんで、そんなにエルザが積極的になってるのか知らないけど……あとで背中を流してもらえばいいじゃないの」

カレンの指摘にエルザはようやく自分が何を言っているのか理解できたのか、顔を真っ赤にして俯《うつむ》いてしまう。

「最近のエルザはアルスが関わるとアレね……ま、まあ、良いと思うわよ？　人形みたいだった前と比べたら全然ね」

さすがに揶揄《からか》うのも可哀想《かわいそう》だと思ったのか、カレンは気まずそうに頬を掻きながら下手くそなフォローをする。そのせいでエルザは余計に見るに堪えない状況に陥るわけで、カレンも不味《まず》いと思ったのか話題を変えてきた。

「そ、それよりも、お姉様の部屋に行くつもりだったんでしょ？」

「シオンの様子を見に行こうと思ってな」

「なら、早く行かないと！」

アルスの背後に回ったカレンが背中を押して急《せ》かしてくる。

でも、ユリアの部屋の前で話し合っていたので、あとは扉を開けるだけなのだが。

「ユリア、入るぞ」

返事も待たずに入れば、

「あっ、どう——ぞ？」

ユリアが少し驚いた表情で出迎えてくれた。

「誰かと思えばアルスでしたか……」

アルスだと知るとその表情は柔らかくなる。

「急に入ってくるので驚きました」

「突然入って悪い――…………って、シオン？」

ユリアに謝罪しようとしたが、視界の隅に映ったシオンにアルスは反応してしまった。

なぜか、シオンが膝を抱えて部屋の角で震えていたのだ。

「なにかあったのか？」

「…………ヤバい」

アルスが近づけば、シオンが小声で呟いた。

「えっ？」

「……あの女はヤバい」

「誰が――」

アルスは虚《うつ》ろな目をしているシオンの肩に触れようとしたが、その間にユリアが割って入ってくる。

「ぬいぐるみ作りに少し疲れてしまったみたいなんです。ねえ、シオンさん？」

シオンの両肩に手を置いて、腰を屈《かが》めたユリアは耳元に口を近づけて名を呼んだ。

「ひっ――そ、そうです！」

四《よ》つん這《ば》いの格好でユリアから離れたシオンはアルスの背中に隠れた。

「き、今日は疲れたから、また続きは今度でいい？」

シオンはユリアにそう言いながら、「アルス、頼む、頼む、話し合わせて」とアルスの袖を引っ張りながら小声で頼み込んでくる。

「なんか疲れたみたいだし、オレも腹が減ったから夕食にしよう」

と、アルスが棒読みで提案すれば、ユリアが手を叩いた。

「わかりました。では、今日の晩ご飯は私が作りましょうか」

「えっ……それはちょっと——うぉっ!?」

断ろうとしたアルスだったが、シオンに背中を突き飛ばされて踏鞴《たたら》を踏む。

振り返って抗議の声を上げようとするが、シオンの表情を見て言葉を呑《の》み込んだ。

「いいぞ。シオンもユリアの食事を食べてみたい。お菓子作りが得意だと聞いてる。それなら料理が上手《うま》いのは保証されてるようなものだ。楽しみだし、期待しよう」

あー……と、エルザとカレンがシオンに哀れみの視線を向けた。

ユリアも嬉《うれ》しそうに笑みを浮かべているので、今更なかったことにはできないだろう。

「えっと、あたしはもうちょっと寝てくるから……また次の機会にさせてもらうわね」

疲労感を滲《にじ》ませた表情で、カレンは額に手を当てながら離れていく。相変わらず演技が上手いとアルスが思っていれば、いつの間にかカレンは背を向けて駆け出していた。

「あの子には夜食を用意してあげましょう。最近のカレンは頑張ってるようですからね」

「そうだな。喜ぶと思う。最高の夜食を用意してあげてくれ」

「もちろん、アルスも期待していてくださいね。私の料理が好きですもんね」

確かに嫌いではないが、好きと言ったことは一度もない。

「まあ、幽閉されていた頃の食事と比べれば嫌いじゃないけどな」

「…………えっ」

アルスの言葉にシオンが間抜けな顔で反応すると、エルザが深刻な表情で近づいた。

「わたしも手伝ってできる限りのことはしますが、覚悟だけはしておくように……」

「…………えっ」

事態を飲み込めていないシオンの肩を、エルザとアルスは慰めるように叩いた。

「えっ、でも……お菓子作りが得意って──普通は料理が上手いんじゃ？」

「オレもそう思ってた時があったな。常識じゃ計れないこともあることを知ったよ」

「そんな……アルスが常識を語るほどなんて……つまり、料理もヤバいのか……!?」

絶望的な声がシオンから零《こぼ》れ落ちたが、助けてくれる者は誰もいなかった。

＊

「シオンのおかげで上手く抜け出すことができたわね」

自室に戻ってきたカレンは、得物である槍《やり》の感触を確かめながら窓を開いた。

窓の縁に足をかけると、夜風を受けながら顔に仮面をつける。

「さあ……全てを取り戻すわよ」

自分に言い聞かせながらカレンは外に飛び出した。

驚異的な身体能力で屋根から屋根へ飛び移り、眼下を行き交う群衆たちの頭上を軽々と滑空する。満月を背後に従えたカレンの姿に気づく者はいない。

やがて〈灯火の姉妹《ヴィルート・シュヴエスター》〉から一定の距離をとったカレンは、とある建造物の上で立ち止まると〝転移〟が付与された指輪を取り出した。

「さすがに本拠地で使っちゃうと気づかれる可能性が高いものね」

ここからは魔法で移動する。

向かうべき場所は――〝失われた大地〟にあるクリストフの研究所だ。

魔力を指輪に込めれば〝転移〟が発動する。

カレンは目の前に現れた――寂れた雰囲気を放つ建造物を見て目を細める。

放棄された砦《とりで》。〝失われた大地〟でこういった建造物は珍しいものではない。

旧文明の遺産――千年前に魔帝と神々との戦争で多くの街が壊滅して棄《す》てられた。

そのため放棄された廃墟《はいきょ》が無数に存在している。そして、禁忌に分類されるような研究を、〝失われた大地〟の廃墟を利用して非人道的な実験を行う者は多い。

「廃墟にしては綺麗《きれい》ね。誰かが出入りしてるのは間違いない。ここも合ってたみたい」

カレンは月明かりを頼りに、取り出した地図を眺める。

これはバベルの塔で入手した地図で、魔王グリムの研究施設がいくつか記されていた。

魔王たちは魔法協会からいくつも義務を課されている。

その一つに、研究などを行う場合は一部の特例を除いて、一定期間ごとに施設の場所や研究内容などを提出しなければならないというものがあった。

ある程度の位階に達した者はそれを閲覧できるため、カレンはそれを利用して地図や情報を手に入れたのである。ちなみに、先ほど使用した〝転移〟が付与された指輪は、昨日ついでとばかりに襲撃した魔王グリムの研究施設の職員が所持していたものだ。

つまり、眼前にある放棄された砦は、昨日襲った施設と合わせて二箇所目となる。

「でも、運が良かったわ。魔王グリムが留守にしているなんてね」

魔王グリムは魔法協会から強制依頼を発行されており、多くのシューラーと幹部を引き連れて〝失われた大地〟の高域へ遠征に向かったらしい。その間の留守を任されているのはクリストフ――シオンが人造魔族になった原因を知っている人物である。

カレンの狙いはクリストフが持っているであろう人造魔族に関する研究成果と、魔法協会に登録されていない彼の研究施設を探ることにあった。

最終的に三大禁忌〝魔族創造〟に関する証拠を摑《つか》んで魔法協会に提出するつもりだ。

そうすれば、必ずクリストフは極刑を受けるだろう。連座で魔王グリムも失脚するかもしれないが、カレンの計画に欠かせない必要な犠牲なので諦めてもらうしかない。

今のところ上手くいっている自信はある。

魔王グリムがギルドの主力を引き連れて遠征に向かっている今、留守を任されているクリストフに使える駒は少ない。

魔王グリムの留守、遠征による人手不足、人手不足による警備の手薄。

そんな様々な要因に後押しされて、好機と見たカレンは大胆にも魔王グリムの研究施設の襲撃を決意したのだ。

「今のあたしは何もできなかった頃のあたしじゃないもの」

砦の中に侵入したカレンは探索を開始する。

人の気配はない。野生の動物や魔物が住み着いているということもなさそうだ。

やはり思っていた通り、人の出入りがあるのは間違いなく、定期的に魔物を含めた掃除を行っている形跡を発見する。

「こうも不自然に綺麗で、何もないって状況だと……怪しいのは地下よねぇ」

そんなことを呟きながら下の階に繋《つな》がる階段を降りていけば、

「………見つけた」

カレンは扉を見つけるなり、全力の前蹴りで破壊してから中に突入する。

遠慮や躊躇《ちゆうちよ》など一切なかった。なぜなら、正体がばれないように変装もしている。

いざという時の奥の手もあったので、カレンは大胆な行動をやめるつもりはなかった。

「人造魔族……じゃないわね」

地下には多くの檻《おり》が備え付けられていた。

その中には息絶えた魔物ばかり、腐敗が進んでいるのかひどい匂いだ。

「……これは」

奥へ向かって歩き続けていたら、これまでと違った景色が広がる。

檻があるのは変わらないが、その中に捕らえられている生物が魔族になっていた。

魔物か人型か見分けが難しい曖昧な姿形をしているので、おそらく下級魔族〝小鬼《インプ》〟ばかりなのだろう。生きていたら厄介なことになっていたかもしれないが、ありがたいことにどれも息絶えているようだ。

「でも、ひどいことをするわね」

どれも拷問を受けたような跡がある。ここは人間が実験台ではなかったようだが、それでもまともな研究施設じゃないのは一目でわかった。

さらに奥に進もうとしたカレンだったが、

『よぅ、そこの侵入者』

声をかけられたカレンは得物を慌てて構える。

檻の中で鎖に繋がれた人間――否、魔族がいた。痩せ細った身体《からだ》をしているが、かつては鋼のような肉体をしていたのだろうと思わせる見事な体軀《たいく》をしている。

『そんなに情熱的に見つめないでくれ。さすがに照れてしまう』

「言葉を流暢《りゅうちょう》に話す……それに額から生えてる長い一本角は中級魔族〝大鬼《オーガ》〟?」

『ん、まあ……人間どもが決めた定義だと、そういう呼び方らしいな』

「……生きているのは、あなただけ?」

『みたいだな。まあ、俺もじきに死ぬんだろうが』

妙な言い方にカレンは怪訝《けげん》な顔をするが、ようやく見つけた貴重な情報源――できる限り有益な情報を引き出したい。

「あなたたちを閉じ込めた者が、どこに行ったかわかる?」

『悪いな。その質問には答えられない。なぜなら俺はお前と戦わないといけないからだ』

「急になにを……」

と、驚くカレンの前で魔族の男は鎖を引き千切り、檻を破壊して飛び出してきた。

『悪いが名乗るほどの名前がない。だから、人間どもが俺を呼んでいた番号で許せ』

魔族の男は四肢に力を込めると、痩せ細った身体に魔力を漲《みなぎ》らせる。

それは最後の灯火《ともしび》のようで、力強くも儚《はかな》い印象をカレンは受けた。

『中級魔族〝大鬼《オーガ》〟。〝廃棄番号No.X《アンチテーゼナンバーテン》〟だ』

「そう、今の私は……一応〝魔法の神髄《ミーミル》〟と名乗っているわ」

正体を明かせないので、昨日も〝魔法の神髄《ミーミル》〟を名乗って施設を襲撃した。

元々実在しているのかどうかわからない曖昧な存在なので、罪を押しつけることにカレンはあまり躊躇《ためら》わなかった。

(もしかしたら、あたしと同じように責任を押しつけてる人はいっぱいいそうだけど)

姿を現さないのをいいことに、彼の名前を利用している連中は大勢いそうだとカレンは思った。そして、信じたのかわからないが、魔族は嬉しそうに笑みを深める。

『本物であろうが、偽物だろうが、どちらでも良い。強者と出会えたことに感謝しよう』

魔族が言い終えると同時――先に動いたのはカレンだ。

得物の槍を巧みに操り、先端の刃が勢いよく地面を抉《えぐ》って、そこから凄《すさ》まじい速度で刺突を繰り出した。目に見えない槍術《そうじゅつ》。洗煉《せんれん》された動きは見事なものだ。

迫り来る攻撃に魔族の男は楽しそうに口角を吊《つ》り上げる。

『だが、甘い』

魔族の男は素手で刃を弾《はじ》き返した。

しかし、カレンは慌てることなく身を翻して更に刺突を繰り出す。

『ほう……驚かないのだな？』

カレンの攻撃を避けた魔族の男の声音には警戒が滲んでいた。

「だって同じことをする男の子を知ってるもの」

魔族の男――その手に凄まじい魔力を纏《まと》っているのをカレンは感じ取っていた。

それは単純に言えば、魔力で身体に薄い壁を作って防御をするだけのことだ。

しかし、それは思っている以上に難しく、繊細な魔力操作が必要とされている。

獣族などが得意とする戦闘技術の一つ――〝魔壁《アンムート》〟である。

最近ではアルスが練習をしていて、何度かカレンは目にしたことがあった。

だから――対処方法も聞いている。

「一気呵成《いっきかせい》にぶち破る。単純だけれど、それが最も効果的で確実らしいわね」

少年の言葉を信用するなら、圧倒的な火力――魔法で粉砕するのが一番らしい。

邪魔をされないように距離をとり、カレンはすぐさま詠唱を開始する。

「血は滾《たぎ》り 肉は灼《や》け 骨は砕け 灼熱《しゃくねつ》は蒼火《そうか》となって大地に刻まれる」

魔族の男が目を見張る中で、カレンは腰を捻《ひね》ると腕を振りかぶった。

カレンの手から凄まじい勢いで槍が放たれる。

幾重もの魔法陣がその射線上に浮かび上がり、槍が衝突するごとに美しい旋律を奏でながら魔法陣は砕け散っていく、最終的に槍は獲物に吸い込まれるように噛《か》みついた。

『なんっ――!?』

「万象を捕らえろ――〝炎獄《インフエルノ》〟」

大炎が魔族の男を包み込む——一本の炎柱が地面から噴き上がった。

凄まじい轟音《ごうおん》が空間を揺らすなか粉塵《ふんじん》が視界を覆い尽くす。

『……な、るほど、これなら私の〝魔壁《アンムート》〟如《ごと》きでは防げないな』

炎の中からでてきた魔族の男は右半身を失っていた。

それでも生きているのだから、魔族の驚異的な生命力が理解できるというものだ。

『……楽しかった』

時間にすれば数分の短期決戦だ。

相手が油断していたところの不意打ち気味であったが、それでも魔族の男は満足そうに笑い、風に晒《さら》された砂のように身体を崩れさせていた。

『だから、感謝のついでに教えてやる』

頭上を仰いでから魔族の男は周囲の様子を窺《うかが》う。

『全て仕組まれているぞ。あんたがここに来ることを奴《やつ》らは知っていた』

身体が崩れていく過程で、魔族の男の頭蓋骨が露《あら》わになり、外界に晒された眼球がカレンに向けられる。

『あんたの強さを測るために俺だけを生かして他を殺していった』

「つまり……今も見てるってわけね」

『そうだ。気をつけろよ。クリストフは厄介だぜ』

最後に自身が捕らえられていた檻を見て、〝廃棄番号《アンチテーゼナンバーテン》No.X〟は消滅した。

魔族の警告通り、クリストフに誘い込まれているのは間違いないだろう。

しかし、罠《わな》だとわかっていても飛び込むしかない、立ち止まるわけにはいかなかった。

「クリストフ、あんまり調子にのってんじゃないわよ。絶対に後悔させてやるから」

カレンは恨みがましく呟《つぶや》くと、しばらく探索してから施設を後にする。

〝廃棄番号《アンチテーゼナンバーテン》No.X〟は、最後にとっておきのお土産をカレンに置いていってくれた。

最後の視線が気になって、彼が捕らえられていた部屋を調べたら地図がでてきたのだ。

手書きで大雑把に書かれたものだが、クリストフの研究所らしき場所が記されている。

手持ちの地図と照らし合わせれば、答え合わせができるだろう。

なんでこんな地図を彼が隠し持っていたのかは知らない。

彼にも助けたい者がいたのか、それともカレンと同じような目的があったのか。

消滅してしまった今はもう真実を知るよしもないが。

「この地図は――あなたの想《おも》いは活用させてもらう」

決して無駄にはしない。

「クリストフの心臓を、あたしの炎槍《えんそう》で灼き貫いてみせるわ」

＊

「やっと僕の個人的な趣味にまで踏み込んできてくれたか」

部下が使用した【投影】魔法によって空間に映し出されていた映像が止まる。

その中では仮面をつけた人物が、〝廃棄番号No．X〟《アンチテーゼナンバーテン》を消滅させていた。

素晴らしい戦闘を見ることができて、クリストフは満足そうに頷《うなず》く。

「〝廃棄番号No．X〟《アンチテーゼナンバーテン》じゃ相手にならないね。実力は第四位階以上はありそうだ」

『よろしかったのですか？　あの施設はそれなりの価値はありました。しかも、完全に放棄してません。探られたらここに辿《たど》り着きますよ』

部下の言葉にクリストフは席を立ち上がり、眼前の映像に向かって腕を突き出した。

「なるほど。では、今は何が問題かわかるかな？」

『人造魔族についての研究成果を奪われること、もしくは〝廃棄番号〟《アンチテーゼ》の存在を知られたことでしょうか』

「うん、ハズレだ。人造魔族の研究成果？　はっ、そんなもの重要じゃあない。僕の趣味なだけで特に拘《こだわ》りがあるわけでもない研究――ただの暇つぶしだよ」

肩を竦《すく》めたクリストフは周囲の陰に潜む部下たちに語る。

「〝廃棄番号〟《アンチテーゼ》についてもそうだ。あれは偶然手に入れたもので、僕たちの管轄ではない。強いて言うならグリム様に捧《ささ》げることができなくて残念ということぐらいだ」

『では、何が問題だと言うのです？』

「たった一つしかない。我らが魔王グリム様が最も嫌いなものはなにか！」

ニタリと粘りついた笑みをクリストフは浮かべた。

「舐《な》められることだ。魔王グリム様が誰かに侮られる。それだけが許されざる大罪。それに比べたら施設がいくら潰れようとも、研究成果が奪われようとも構わないんだ」

昨日、魔王グリムが運営する施設が唐突に襲撃された。

「重要な施設ではないため支障はない。でも、そういう問題じゃないんだよ」

魔導十二師王――通称〝魔王〟と呼ばれる世界最高峰の魔導師たち。

誰もが恐れる。誰もが畏れる。誰もが懼《おそ》れる。そんな存在が舐められることなどあってはならない。主である魔王グリムが、木っ端の魔導師たちに侮られるなど許しがたい。

「このまま放置をすればグリム様の沽券《こけん》に関わる」

自尊心、沽券、上っ面だけの見栄《みえ》のため、そんな理由で長年の研究成果や、重要施設を放棄するなど正気の沙汰ではないと言う者はいるだろう。だが、クリストフにとって守るべきは魔王グリムの評判で、それ以外は正直どうでもよかった。

『だから、〝転移〟の指輪を渡してまで……ご自身の研究施設に誘導したのですか？』

今回、謎の人物が襲撃したのは、クリストフが個人的に所有している施設だった。

「そうだ。グリム様が遠征に向かわれている今、あとを任された僕が領地を守らないといけない。魔王を蹴落とすことしか考えていない二十四理事《ケリュケイオン》――それ以上に厄介なのが他の魔王たち、彼らが好機と思って動かないとも限らないからね」

嘆息したクリストフは口を閉じた部下たちに視線を送る。

「グリム様の施設が一つとはいえ破壊されてしまった。それを知った他の魔王たちは笑うだろう。二十四理事《ケリュケイオン》たちは揺さぶりをかけてくるはずだ」

『そうでしょうか？　破壊された施設は特に重要ではなく、誰も気にしないような研究しかしてませんでした』

「わかっていないね。とても面倒なことだが〝魔王〟とつくだけで重要度は跳ね上がる。そこらへんに落ちている石でも〝魔王〟の、とつけるだけで、誰もが注目するし、誰もが価値をつけようとする。ただの石だとしてもね。それだけ〝魔王〟という肩書きは想像以上に重い」

クリストフは椅子に座り直すと深く嘆息した。

「つまり、価値のない〝施設〟だったとしても、〝魔王〟の――というだけで重要な施設へと生まれ変わる。それを忘れちゃいけないよ」

闇の中から頷く気配を感じたクリストフは満足そうに笑みを浮かべる。

「納得できたところで、今後の方針を決めようか」

クリストフは宙に投影されて停止している映像に改めて目を向けた。

相手は顔を仮面で隠していて、その姿形を確認することはできない。

「グリム様の領地を襲撃した、この不届き者は〝魔法の神髄《ミーミル》〟を名乗っているようだ」

その名は誰でも知っている。

この世界に住む者なら、魔導師であるならば、必ずや知ることになる。

彼が現れたのは十数年前、突如として魔導師たちの秘法を盗み始めた。

最初は誰も警戒することはなかったそうだ。

でも、徐々にその悪質性、異常性に人々は気づき始めた。

知識が盗まれている――そう認識した頃は、もうあまりにも遅すぎた。

異常なほどの知識欲、それは聖天、魔王、世界中の国家が相手であっても変わらない。

徹底的に、貪欲に、深淵《しんえん》まで覗《のぞ》き込んだその者は、やがて世界最強の魔導師と呼ばれるようになった。

「故に〝魔法の神髄《ミーミル》〟――世界中の魔導師を敵に回して生き長らえている。その者に敬意を表して人々はそう呼ぶようになった。そんな世界最強の魔導師が我々の前に現れた理由……一体なんなんだろうね？」

なぜ、そんな者が急にでてきたのか疑問符を浮かべるクリストフ。

〝黒猫〟シオンと関わりがあるのか、それとも全く関係がないのか測りかねていた。

「狙いがわからない。そもそも――本物なのか、という疑問に辿り着く」

簡単に出てきていい存在ではない。そもそも出てくる理由なんてない。

『〝廃棄番号Ｎｏ・Ｘ《アンチテーゼナンバーテン》〟を倒すということは、それなりの実力を有しているのは確かですが……だからと言って〝魔法の神髄《ミーミル》〟と決めつけるのは時期尚早かと、彼《か》の者の名声を利用して謀《たばか》る者は多い』

部下の言葉は自分の見解と変わらなかった。

本物であれば逃がすには惜しい。けれども、相手にするのはもっと恐ろしい。

名前だけだとしても無視できない厄介な存在――それが〝魔法の神髄《ミーミル》〟なのだ。

「なら、様子見か……我々の敵を見定め、確実に見極め、熟れた頃に食すとしよう」

『まだ姿を現さない〝黒猫〟も釣れるかもしれません』

人造魔族、自身の研究成果――唯一の成功例と言ってもいいのが〝黒猫〟だ。

「過去の〝黒猫〟と違うのは、まだ戻ってこないということだ。もう最後なのかもしれないね」

『回数が残っていないのなら、戻ってこない理由としては十分ですか……部下に捜索させていますが、まだ発見できたという報告はありません』

「ゆっくりで構わないさ。珍しさ、という点だけが、彼女を手放すのを惜しいと思わせる理由だ。そこだけを考えるなら現時点で優先度は低い」

急ぐ理由もなく、今すぐ見つけなければいけないというほどの問題はない。

最悪、〝黒猫〟が死んでいても構わない。死体だけでも回収できればいいのだ。

「生死は問わない。解剖するだけの肉が残っていればそれでいいさ」

問題は自称〝魔法の神髄《ミーミル》〟だ。

「誘い込もう。我々の庭へ、奥深くに、後悔する暇も与えない。永遠なる苦痛を与えても尚《なお》余りある地獄を見せてやろう」

誰を敵に回したのか思い知らせる必要がある。

世界に問いかけるのだ。

魔王の中で誰が一番強いのか、どこのギルドが世界最強であるのか。

「辟易《へきえき》されようとも、鬱陶しいと思われようとも、長ったらしく御託を並べ続けよう」

席を立ち上がったクリストフは両腕を広げた。

「我々〝マリツィアギルド〟こそが至高であると」

眼鏡を押し上げて凄絶な笑みを浮かべる。

「世界が知るその時まで僕は問い続けよう」

＊

「ねえ、カレンはどんな魔導師になりたいの？」

その問いかけに振り向けば、桃色髪の少女が快活な笑顔でカレンを見ていた。

周囲では色彩が様々な花が穏やかな風を受けて揺れている。

美しい光景、中央に立つ美女も含めれば絵画がそのまま飛び出してきたかのようだ。

だから、すぐにこれは夢なのだとカレンは気づいた。

だって今の彼女とは雰囲気がまるで違う。

「………シオン」

姉以外で初めて尊敬できた人、初めて憧れた人、魔法都市で出来た初めての家族――だから、シオンという存在がカレンにとっての理想になるのは早かった。

魔法都市で鮮烈に駆け抜ける彼女の生き様はとても美しく輝いていた。

その背中は誰よりも大きく、自信に満ち溢《あふ》れて、慈愛で全てを優しく包み込んでいた。

だが、それも全て崩れ去ってしまう。たった一人の人物の登場によって……。

彼女さえ現れなかったら、今も〝ラヴンデルギルド〟は健在だっただろう。

もしかしたら、シオンは魔王の座についていたかもしれない。

それほどの可能性があったし、それを裏付ける実力も備わっていた。

だから憧れたのだ。自分もこの人と同じように。

「あたしがなりたい魔導師は――」

カレンの言葉を待たず、世界は移り変わり、彼女の意志を急激に掬《すく》い上げる。

目を開ければ広がったのは闇だ。上半身を起こせば掛け布団が捲《めく》れ上がる。

窓から差し込む月光、その明かりのおかげで闇の中でもすぐに目が慣れた。

少し離れた場所に目を向ければ、そこではシオンが眠っている。

闇に埋もれた姿はまるで血に塗《まみ》れているようで、一瞬だけ夜だということを忘れていたカレンは息を呑《の》む。だが、微《かす》かに聞こえてくる寝息にホッと胸を撫《な》で下ろした。

「それにしても……また、変な時間に起きちゃったみたいね……」

最近のカレンは昼夜が逆転していた。

原因は勿論《もちろん》わかっている。

クリストフの施設を深夜に襲撃して、いつも朝に帰ってきているからだ。

その疲れが溜《た》まっていたのか、予定よりもかなり遅く起きてしまった。

今日は〝廃棄番号《アンチテーゼ》〟と戦ってから、早三日目――三月二十七日の夜を迎えている。

それでも階下から聞こえてくる酒場の喧噪《けんそう》はいつもと変わらず、カレンの心を落ち着かせてくれるものだ。

やがて着替えを終えたカレンは、窓を開け放つといつものように仮面をつけた。

「カレン……？　また今日も何処《どこ》かに行くのか？」

シオンを起こさないように気をつけていたつもりだったが、やはりこう何度も抜け出していては気配の察知も鋭くなるものなのかもしれない。

「シオンは…………カレンにとって重荷になってないか？」

唐突な問いかけに、カレンは言葉に詰まるが、その答えはわかりきっていた。

「……馬鹿な質問しないで、重荷だなんて……そんなこと一度も考えたことないわよ」

そんな偉そうなことを言える立場になく、それを背負えるほどカレンは強くなかった。

「そうか……てっきり、カレンはシオンが嫌いなのだと思っていた」

「……どうして、そう思ったのかしら？」

「いつも夜になると飛び出していくから……それに、カレンはシオンを見ると辛《つら》そうな顔をする。一緒の空間にいたくないのかと、そう思っていた」

それは合っているようで間違っている。

カレンは嘆息すると、月明かりを背にシオンへ語りかける。

「あたしは……あなたの笑顔が好きよ」

嫌いになることは決してない。ただ向き合う勇気がカレンにないだけだ。

今も逆光を利用して本心を隠したカレンの顔は闇に覆われている。

「大丈夫だから安心して、もうすぐ全てが終わる」

あの日から自分は何も変わっていない。

「だから……っ、全部が終わったら……――その時は笑って出迎えてね」

シオンを見ていると、どうしても甘ったれだった頃の自分を思い出してしまう。

だから、そんな現実と向き合いたくなくて、子供のようにカレンは顔を伏せるのだ。
そして、耐えきれずに逃げてしまう。
カレンはシオンに再び背を向けると、躍るようにして夜闇の中へ飛び出した。

＊

飛び出していくカレンを止められない。止める理由が思いつかない。
だから、記憶がないのは罪だとシオンは思っている。
けれど、他の者は違った感情を抱いているようで、誰もシオンを責めたりはしない。
その優しさに甘えているつもりはないが、何もできていないのが現状だ。
先ほどのカレンとのやり取りが最たる例だろう。
シオンにできたのはカレンを見送ることだけ、記憶がない自分では足手纏《あしでまと》いなのだ。
だから、失ってしまった記憶を取り戻そうと努力はしている。
ユリアやエルザに過去のことを調べてもらって、その都度教えてもらっていた。
でも、どうしても他人事《ひとごと》のように感じてしまう。
英雄のような活躍をする過去の自分を、お伽噺《とぎばなし》にしか捉えることができなかった。
だから、過去のシオンを知っているカレンに聞くのだが、はぐらかされてしまう。

その話に触れようとする度に、古傷が疼《うず》くかのようにカレンは顔を顰《しか》めるのだ。

シオンとて馬鹿ではない。何度もそのような顔をされれば察するものがある。

いつしか聞くことに躊躇《ためら》いを覚えるようになり、今ではカレンの前で過去の話はしないようにしていた。

「もし、シオンが昔のことを思い出せたら、カレンの苦しみを取り除けるだろうか？」

と、シオンは椅子に座る少年――アルスに相談してみた。

カレンが先ほど外に飛び出していったので、寂しくなってアルスの部屋に来たのだ。

「どうだろうな。それはオレも経験したことのないことだ。仮令《たとえ》、【聴覚】で聞いたことがあっても、解決したことがないから難しい。だから人によって違うんじゃないか、としか答えられないな」

作業をしていた手を止めて、アルスは頬を掻《か》くと窓の外に目を向けた。

「それにしても……今日も出て行ったのか、ユリアがまた怒るぞ」

ユリアは妹であるカレンを大事に想《おも》っている。だから、怒っても何処か本気に思えず怖くない。またカレンが怒られることに慣れすぎているせいで反省することがないのだ。

「あれは……ヤバい。カレンはどうしてあの笑顔を前にして平気なんだろう？」

シオンが自身の身体《からだ》を抱きしめて震え始めた。

「やっぱり慣れじゃないか？　オレもたまに怖いと思うけど最近は慣れてきたぞ」

「………慣れるものなのかアレは？」

シオンは信じられないモノを見るような目をアルスに向けたが、

「いや、もういい。これ以上考えたら頭がおかしくなりそうだ」

すぐさま諦めたように嘆息すると、アルスがしている作業に興味を示した。

「……それより、さっきからアルスは何をしているんだ？」

「ちょっと昔に聞いたことがある薬を作ってるところだ」

アルスが左手で掲げたのはすり鉢だ。右手にはすりこぎ棒が握り締められていた。

他にも薬研《やげん》などが机に置かれている。

その近くにはエルザと狩りに行った時に、集めた魔物の素材が入った袋などもあった。

「……薬？」

「ああ、聞いたことがあるだけで本当に効果があるかはわからないけどな」

肩を竦《すく》めたアルスは作業に戻る。使い勝手がわからない古い道具ばかり、しかも、昔ながらの作り方を覚えないといけなかったので一苦労だった。

「ようやく形になりそうなんだ。完成したら飲ませてやるよ」

「いや、遠慮しとく……素人が作った薬ほど危ないモノはない」

「オレが聞いた話だけどな。危ないモノじゃなくて、とても身体に良いモノらしい」

「シオンが言いたいのはそういうことじゃない。アルスが作った薬を飲みたくないと言ってるんだ」

「えっ？　なんでだ？」

「なんでって……当然だろう？　どうしてショックを受けた顔をするんだ……普通に素人が作った薬なんて飲みたくない。そういった常識が欠如してる辺りがユリア以上に怖いところだぞ」

アルスが幽閉されていた影響で常識に疎いのは、シオンも説明されたので知っている。だからユリアを筆頭に、カレンやエルザが世界の常識とやらをアルスに叩《たた》き込んでいるのも聞いていた。しかし、一緒に暮らし始めてから理解したが、あの三人の女性の常識もまたどこか偏っている節がある。

カレンは誇大化させた女性優位な常識をアルスに叩き込んでいるようだし、エルザは男を徹底的に甘やかす駄目男製造教育だ。

どちらも極端すぎてアルスの教育係には向いてない。

残るユリアに至ってはもう駄目だ。とにかく駄目としか言い様がない。

アルスだから耐えられているが、あれは男を骨抜きにして廃人にする魔性の女だ。

その三人以外で……となれば、〝ヴィルートギルド〟の連中しかいない。

だが、あの「さすアル」を毎日のように見せられたら役に立つとは思えない。

彼らはとにかくアルスを褒める。

褒めて伸ばす教育とでも言えばいいのか、やたらと褒めては讃《たた》え続けているのだ。

このおかしな環境がアルスに常識を植え付けられるかどうかは甚だ疑問である。

むしろ下手に弄《いじ》らないほうがいいんじゃないかと最近のシオンは思っていた。

「それに古今東西、魔導師には頭がおかしい奴《やつ》しかいない」

魔導師は頭のネジが一本どころか全部抜けているような奴ばかりだ。

魔法のために生きて、魔法のために犯罪に手を染め、魔法のために死ぬ。

そんな連中が持つ常識なんて期待できるはずもない。

「よく考えてみたら世間に疎いアルスが一番まともなのかもしれないな……」

ギフトによって人生が左右される世界で、魔法を使えない者はやはり侮られて、蔑まれたりもする。持つ者に持たざる者たちの気持ちは理解できないし、常識も当てはめることなどできない。

しかし、アルスは幽閉されていた影響から、そういった差別意識を嫌っている。

それはこの世界にあって異質な考えであり、同時に常識を知らぬとも言えるだろう。

そんな彼に常識を――取捨選択して教えられる人物がいるかどうかと言えば難しい。

「うん。そうだな。アルスはそのままでいいと思うぞ」

「急に褒めるなんて……どうした？　やっぱり薬飲みたいのか？」

「飲みたくないいし、褒めてもいない」

憮然《ぶぜん》とした表情で言ったシオンは寝台から降りた。

「今日は寝ていかないのか？」

「……うん。そんな気分じゃないし、今日は帰ってくるカレンを出迎えようと思う」

照れたように言ったシオンは部屋を出て行く。

その背を見送ったアルスは窓に視線を向けた。

「そろそろ答えを得られたらいいが……」

カレンは毎夜のように抜け出して、何度か怪我《けが》をして帰ってくることもあった。

ユリアも最近では何も言わなくなっている。

それは諦めからではなく、カレンの想いを尊重しているのだろう。

一人でやれることに限界があることを知るまでは好きにさせるつもりのようだ。

だから、ユリアやエルザ、察しの良いシューラーたちも、後に起きるであろうことに備えて、それぞれ好きに行動している。

アルスもまた独自に調べていたりするが――、

「カレンが全てを知った時に、どういった道を選ぶのか……」

人には常に選択肢が用意されている。

幽閉されていたアルスにも選択肢はいくつも用意されていた。

間違えたことはない。否――間違えようがない。

数百、数千、数万の選択肢があろうと、どれを選んでも辿《たど》り着く答えは同じだった。

不正解など存在しない。生きている限り、人は常に正解を求め続けられる。

選択肢を正解に導けなかった時——、

「人間は壊れる」

アルスは出来上がった黒い丸薬を摑《つか》むと、月明かりに翳《かざ》して目を細めるのだった。

＊

「…………これで五箇所目か」

眼前に建つ屋敷を見てカレンは呟《つぶや》く。

〝マリツィアギルド〟が運営する施設の襲撃は今回で五箇所目。

これまで手に入れた情報を元に、本日もまた〝失われた大地〟の低域にある放棄された街の一角に建つ屋敷にカレンは来ていた。

廃墟《はいきょ》となった街の至るところにゴミや酒瓶が散乱していて、どこか生活感が漂っているのは盗賊の類が根城にしていたからかもしれない。

「でも、人の気配は感じないのよね」

廃墟となった街に住み着いていた者たちが消えている。

その原因は目の前にある屋敷にあるのだろう。

外観こそ朽ち果てているが、中に入ってみれば全体的に改装されていて綺麗《きれい》だった。

薬品の匂いが屋敷全体に染みついている。

これまで訪れた施設と同じ……ならば、ここもそうなのだろう。

「……一体なにが狙いなのかしら」

これまで通りであるなら、地下に重要な施設があって、そこには膨大な資料が眠っているはずだ。

「……わざわざ、用意してくれてるのは善意と思えないし」

カレンが地下室に辿り着いた時、予想通り大量の資料が机に置かれていた。

まるでこれから訪れる客のために用意したかのように、カレンが求める情報を置いてくれているのである。

「罠《わな》なのは間違いないんだけど……なにを狙っているのか、わからないわね」

一番上のファイルを手に取れば、人造魔族に関する情報が書かれている。

カレンが欲していたのは、クリストフを極刑に処すほどの証拠だ。

実はそれに関しては驚くほど手に入っている。もはや、十分の情報量がカレンの手元にあった。だから、今欲しいのは人造魔族のシオンを人間に戻す方法である。

それが無理なら人造魔族でも、魔力を自然回復させる術《すべ》があるのかどうかを知りたい。

紙に記された情報を流し読みして、やがて分厚い資料の束を手に取る。

「あら……」

写真の束が隙間から溢《こぼ》れて地面に散らばった。

拾い集めようとした手が途中で止まる。

「これは……」

愕然《がくぜん》とした様子でカレンは目を見開いた。

＊

自室に入るなり、映像を一瞥《いちべつ》したクリストフは楽しげに口を開いた。

そこは暗い部屋——小さなテーブルに蠟燭《ろうそく》一本だけを立てた不気味な空間だった。

『自称〝魔法の神髄《ミーミル》〟は集めた資料を——予定通り、自身の手元に置いているようです』

「それはなによりだ。好きにさせてやってくれ」

慣れ親しんだ空間、自分が作った心地良い環境。

だから闇の中にあっても、クリストフは簡単に椅子に座ることができた。

それから闇の中にいる部下に視線を向けて指示する。

「順調のようだね」

「引き続き情報を提供してやってくれ、なんだったら、この場所を教えても構わないよ」

『よろしいのですか？　この施設には貴重なものも存在しますが、もし理解できる者の手に渡れば、これまでの研究成果が奪われて厄介なことになるかと』

「構わないさ。常に餌を用意しておかないと襲撃を止めてしまう。それに、誰にでも理解できる内容を混ぜておかなければ証拠とならないだろう？」

クリストフは机の上に用意されていた資料を手にする。すると、蠟燭の明かりが一枚の写真を浮かび上がらせた。写っているのは楽しげに笑う紅髪の少女だ。

それを見たクリストフは口端を歪《ゆが》める。

「それにしても〝魔法の神髄《ミーミル》〟の正体が、こんな少女だったとは驚いたよ」

『カレンという名前だそうで、ヴィルート王国の元王女とのことです。彼女が率いる〝ヴィルートギルド〟は飛ぶ鳥を落とす勢いがあるとか噂《うわさ》されてるようです』

「勢いだけのギルドなんて魔法都市じゃ珍しくもないけどね。それにしても〝ヴィルートギルド〟か、序列は〝数字持ち《ナンバーズ》〟じゃないけど一応は二桁なんだね」

部下の言葉を聞きながら書類を捲《めく》っていたクリストフは手を止める。

「最近になってマンティコアのオスと――おいおい、ドヨセイフまで討伐してるのか」

マンティコアのオスは二桁のギルドなら油断さえしなければ容易に討伐できる。

しかし、まだ中域で燻《くすぶ》っているようなギルドが、領域主であるドヨセイフまで討伐したとなると話が変わってくる。

「あぁ……〝白夜叉《しろやしゃ》〟――ヴィルート王国と言えば第一王女が有名だったな。彼女が合流していればドヨセイフの討伐は可能か……？」

アース帝国が隣国のヴィルート王国を滅ぼした件は一時期世間の話題を独占した。

第一王女であるユリアのギフト【光】を狙っての開戦。

彼女が捕らえられたという情報はあったが、その後どうなったのか情報を得られず全くわからなくなっていた。

「【光】は稀代《きたい》ギフトだ。ドヨセイフを討伐できても不思議ではないが、そんな人物が魔法都市に入ってきていたら、もっと話題になっていると思うが……その辺りの情報は入って来てないのかい？」

『〝ヴィルートギルド〟が〝黒猫〟を匿《かくま》っているのは間違いないようですが、そのような情報はありません。常に推移を見守っていますが、全ては予定通りに進んでいます。お気になさる必要はないかと』

「ふぅん……そうか、予定通りなら問題ないんだ」

『なにか気がかりなことでもありますか？』

「想定外の事態が一番怖いんだ。なんのために慎重に事を運んでいると思っているんだ。常に我々が正義であるためだろう？」

苛立《いらだ》ち混じりに語気を強めるクリストフだが、闇の中から返ってくるのはいつもと変わらない冷ややかな視線だった。

『ソレがわかりません。心配しすぎではないですか？』

あまりにも否定的で辛辣な言葉だったが、クリストフが気分を害することはなかった。

なぜならクリストフは研究者だからだ。停滞を恐れて、常に変化を求めている。

だから、部下の否定的な言葉でも貴重な意見だとして受け入れられた。

それにクリストフは魔王グリムが率いる〝マリツィアギルド〟の幹部なのは周知の事実、そのせいもあって意見や諫《いさ》めてくれる者は随分と減ってしまった。

クリストフが駒として多くの部下を処分してしまったのも原因の一つだが。

「【光】は白系統――あまりにも眩《まぶ》しすぎる稀代ギフトだ。聖法教会という蛾《が》の群れが輝きに惹《ひ》きつけられて集まってくるかもしれない」

『聖天の介入を懸念しているというわけですか……しかし、彼らは〝大森林〟から出てくることはないでしょう。仮令《たとえ》、出てきたとしても魔法都市に来るとは思えません』

「そうだといいんだけどね。奴らは普段こそエルフ至上主義を掲げているが、白系統のギフトを見つけると人間であっても眼《め》の色を変えて受け入れる。自尊心を捨ててしまうほど、ギフトに異常な執心をしているのがエルフという種族だ」

もし、ユリア第一王女が〝ヴィルートギルド〟に落ち延びていたら、聖法教会の聖天が介入してくる可能性は高い。

「仮にいなかったとしても、ユリア第一王女の妹――このカレンという娘を利用しようとするエルフもいるかもしれない」

エルフは狡猾《こうかつ》で傲慢な種族だから嫌っている人間は多い。

そのことを理解しているのか、珍しい白系統のギフト所持者が他種族にいたら、エルフたちは外堀から埋め始める。

家族から説得――否、人質にして逃げられないように雁字搦《がんじがら》めにするのだ。

従わないなら親類にも危害が及ぶだろうが、素直に従えば親類も含めてこの世の幸せを謳歌《おうか》することができるだろう。

「杞憂《きゆう》で済めばいいけど、少し警戒が必要だろうね。現状維持のまま周りに注意するように……臨機応変に対応していこう」

『かしこまりました。それでは他の者にもそう指示しておきましょう』

「頼んだよ。せっかく上手《うま》くいってるんだ。台無しになるのだけは避けたい」

備えあれば憂いなし、今後のことを考えれば、部下への指示とは別にクリストフも動いておくべきだろう。

「新しい駒もこれで補充できるか」

クリストフは顎を撫《な》でると部下が纏《まと》めた資料に再び目を通すのだった。

「カレンの様子がおかしい？」

そんなアルスの言葉に反応してシオンが頷《うなず》いた。

「うん、上手く言えないけど、落ち着き？　余裕？　そういうのが感じられなくなった」

「前から落ち着きはなかったが……そういう意味とは違うんだよな？」

カレンは落ち着きとか、そういうのとは無縁の女性である。

それでも目に見えた変化があるとするなら、シオン関連としか考えられない。

良くも悪くもカレンは感情が表にでやすいのだ。

シオンが感じ取れるほどの変化、つまり何か情報を得たということなのかもしれない。

今日でシオンを保護して九日目——三月二十九日、前回シオンから相談を受けてから二日目の夜を迎えていた。

「違う。何か追い詰められているような……そんな顔をしてた」

「そうか。そろそろ改めて皆で話し合ったほうが良さそうだな」

「うん。シオンもそう思う」

頷いたところでシオンは、覚悟を決めたように深いため息を吐き出した。

「ふぅ……ところで…………アルスはここで何をしているんだ？」

シオンは顔を真っ赤に染めながら湯船に顎まで沈めた。

そんな彼女の視線の先には、素っ裸で仁王立ちのアルスがいる。

「風呂に入りにきたんだが？」

あまりにも堂々とした態度だから、シオンとしては何も言えなくなってしまう。

「……そ、そうか」

先ほどアルスは唐突に風呂に入ってきて、戸惑うシオンの前で身体《からだ》を洗い始めた。

逆に見ているシオンが気まずくなって、カレンに関する話題を出したが、それも終わってしまったので余計に恥ずかしくなってくる。

「もう少し寄ってくれるか？」

湯船に入ってきたアルスに言われて、シオンは素直に身体を横にずらした。

けれども、十人浸《つ》かっても大丈夫なほど湯船はとても広い。

譲り合う必要はないし、肩が触れ合うほどの近距離で一緒に浸かる必要もない。

そもそも、ここは女性専用風呂だとシオンは聞いていた。

なので、男性のアルスが入ってくること自体がおかしいのである。

「……アルス、男性専用風呂は裏庭にあるって聞いたが？」

「そうみたいだな」

「なら、アルスが女性専用風呂に入るのはおかしいんじゃないのか？」

「いや、オレはこっちでいいみたいだぞ」

「えっ、どうして？」

「エルザがこっちで入れって言っていたからな」

世間に疎いアルスも、ようやく風呂は男女別に入るということを先日教わった。

だから、何度か裏庭にある男性専用風呂に入ったのだが、それが事件を呼んだ。

意外にも〝ヴィルートギルド〟の男性陣からアルスは人気があった。

救われた恩から背中を流したい。また女性の口説き方も教わりたい。夜空の下で一緒に酒を飲み交わしたい。様々な理由をつけてアルスと風呂に入ろうとしたのである。

でも、男性専用風呂はドラム缶で、一人入ったら限界になる狭い風呂だ。

それでもアルスと共に入りたい男性陣は集まってしまった。

やがて、全裸の男たちが裏庭に何十人とひしめき合って酒を片手に騒ぎ始めたのだ。

歓楽区とはいえ、裏庭に全裸の男たちが集まる酒場というのは悪目立ちする。

変な客も集まり始めて営業妨害も甚だしい状況となってしまった。

「それにエルザが怒ってだな。オレはこっちで入ることになったんだ」

「時間割りとかは？　アルスが突然入ってきたら女性シューラーたちが驚くんじゃ？」

「それなんだが、オレが入る時は親しい者を付き添わせて入ればいいそうだ」

ユリア、エルザ、カレン、風呂に入るときは親しい者を必ず付き添わせること。

女性シューラーとアルスが鉢合わせになった時は、彼女たちが対応してくれるのだ。

しかし、カレンは誘っても顔を真っ赤にして逃げるし、ユリアは支離滅裂な言動をして気を失うので、最近ではアルスと風呂に入ってくれているのはエルザだけだ。

なので、新しい風呂仲間を増やしたいアルスはシオンに目をつけていた。

「なんだその目は……まさか、シオンも親しい者になっているのか？」

「当然だろ。だからこうして一緒にいるんじゃないか」

「……こんな場所じゃなければ素直に喜べる台詞《せりふ》のような気もするんだが」

親しい間柄と言われたら誰だって嫌な気分にはならないものだ。

けれども、ここは風呂場で互いに全裸という立場、色々とツッコミ所のある状況のせいで、積極的になられても困惑が勝ってしまうのも確かだった。

「それじゃ……シオンはそろそろ出るよ」

これ以上は羞恥心に耐えられそうになかったので、シオンは浴槽からでようとしたが、その腕をアルスに掴《つか》まれてしまう。

「えっ!?」

呆《ほう》けた声をだしたのも束《つか》の間《ま》、ふわりと浮遊感に襲われて、湯船に大きな波が立った。

「おいおい、ちゃんと身体を温めてから出ないと駄目なんだぞ」

覚えたての知識をひけらかしたい——そんな嬉々《きき》とした声音が優しく耳を撫でる。

シオンは自身が今どういう状況なのか、しばらく把握できなかった。

けれども、全身が包み込まれているような感触から、アルスに背後から抱きしめられているることを知り、混乱している頭に余計に拍車がかかってしまう。

「あっ……なんで？」

「捕まえておかないと逃げそうだからな」

抗《あらが》いがたい魅力のある声音は思わず身を委ねたくなってしまうものだが、誰かが聞けば勘違いしそうな台詞のおかげで、シオンはなんとか平常心を保つことに成功する。

「い、いや、そもそも、捕まえる必要はないと思うのだが？」

それにしても、アルスは意外と筋肉質な身体をしていた。

シオンは初めて感じる男の肌——その質感に思わず感心してしまう。

「よくエルザがオレにしてくるんだよ」

と、聞き捨てならないことを聞いたシオンは、今の状況も忘れて首を傾《かし》げた。

「……エルザが？　よくしているのか？　こ、これを？」

「位置は逆だけどな。オレはいつもしっかり浸かってるつもりなんだが……エルザからすれば駄目なんだろうな。よく後ろからオレを抱きしめてきて百秒数えてるんだ」

理由を聞いたシオンは絶句。同時にエルザが駄目男製造機と呼ばれる所以《ゆえん》に納得した。

そして、アルスの手が太股《ふともも》から腰、さらに腹を滑ってシオンの首を撫でてくる。

「ンッ……ま、待て、アルス、にゃに──な、なんで手を動かす必要が？」

「マッサージってやつらしい。エルザがよくオレにやってくれるんだ。せっかくだからシオンにやってやるよ」

何かを思い出すように手を動かしながらアルスは言った。

「ああ、ちなみに一つできないことがある。オレには胸がないから、それを利用したマッサージはできないんだ。興味があるならエルザに頼んでくれ」

「待て、待てッ！　あの変態、一体なにをやってるんだ!?　なにか違う。それは何か違うとシオンは思うぞ!?」

エルザはアルスを甘やかしていると思ったが全然違った。

世間知らずなアルスを騙《だま》して己の知的好奇心を満たしている可能性がある。

つまり、無表情という仮面で感情を隠しているが、あの女は楚々《そそ》とした容姿をしていながら、中身はとんでもないムッツリスケベだったようだ。

ここにユリアがいたら、きっと「兄妹そっくりですね」と納得していたことだろう。

「ちょっと──そこはッ!?」

ガッチリと抱きしめられているせいで、シオンは逃げることもできない。

アルスのマッサージ──エルザ直伝の筆舌に尽くし難い巧みな技術、身体中を這《は》い回る

指先をシオンは受け入れるしかなかった。

＊

「……えっ、悲鳴？」

カレンは周囲を見回した。なにやら悲鳴が聞こえた気がしたのだ。

「幻聴まで聞こえるなんて………あたし重症みたいね」

カレンは自嘲気味の笑みを浮かべる。

現在のカレンは〈灯火の姉妹《ヴィルート・シュヴェスター》〉の三階廊下を歩いていた。

今日もクリストフの施設を襲撃して帰ってきたばかりだ。

いつもは自室の窓から出入りしているのだが、唐突な目眩《めまい》に襲われたので、〈灯火の姉妹《ヴィルート・シュヴェスター》〉の裏口から帰ってくるしかなかった。

「……最近、疲れが抜けないのよね。無茶しすぎたかしら？」

再び周囲に視線を奔《はし》らせると、カレンは誰もいないことを確認してホッとする。

「……こんな姿、誰にも見せられないもの」

肉体的にも精神的にも疲弊している。今の自分の姿を見たら誰もが心配するだろう。

だから、カレンは誰にも見られないように注意して自室に戻った。

それからカレンは寝台の下に潜り込むと、一つの鞄《かばん》を引っ張り出して開いた。

中には様々な資料が入っていて、今日奪ってきた物と一緒に寝台の上にぶちまける。

これら全てクリストフの研究施設から奪ってきたものだ。

「……これで全部だといいんだけど」

疲労感を滲《にじ》ませた嘆息を一つしてから、覚悟を決めたように一枚の写真を手に取る。

精神的苦痛の一端。何度見ても慣れることはない。

吐き気を堪《こら》えるように、空いた片方の手でカレンは口を押さえた。

「やっぱり何度見ても……ケニッヒお婆《ばあ》さんよね」

この写真を手に入れたのは二日前——クリストフの研究施設から奪ってきたものだ。

そこにはカレンの知り合いが写っていた。

三年前、魔導師として駆け出しだったカレンに色々と教えてくれた老婆の変わり果てた姿——彼女が拷問を受けたであろう痕跡、筆舌に尽くし難い状況下にある写真だった。

「ここまでして……なにがしたかったのよ」

他にも見るに堪えない写真は沢山あり、どれも違う人物が写っていた。

写真が貼り付けられた書類には、彼女たちに対して何が行われたのかが書かれている。

なにより、写真の人物たち全て、カレンがよく知る者たちだ。

「ビネー、エスター、レクカラ、カタリナ、ナディネ」

〝ラヴンデルギルド〟――かつてシオンが率いた〝数字持ち《ナンバーズ》〟ギルドに所属していたシューラーたちだ。親切な人ばかりで、一緒にいて心地良い人ばかりだった。

カレンは涙を堪えながら資料を掻《か》き集めると、使われていない鞄を引っ張り出してきて、写真や書類を一心不乱に詰め込んだ。

「クリストフ……あんただけは絶対に許さないわよ」

地獄に突き落とす。この罪を必ず償わせてみせる。

鞄を寝台の下に突っ込んだカレンは天井を仰いで嘆息した。

「……シオンが記憶喪失で良かったのかもしれないわね」

もし、彼女の記憶が戻っていたら、大人しく引きこもっていることはなかったはずだ。

こんな写真を見つけた時には尚更《なおさら》シオンは止まらず、命尽きるその時まで戦おうとするだろう。できるならカレンも感情の赴くままに暴れたいと思っている。

だが、その度に〝ヴィルートギルド〟のレーラーとして、そのような軽率な行動はできないと冷静な感情が呼び起こされる。

「正攻法でやるしかない」

クリストフは魔王グリム率いる〝マリツィアギルド〟の幹部だ。

彼に罪を償わせる方法は二通りしかない。

一つは〝マリツィアギルド〟に決闘を挑む。

だが、魔王のギルドと決闘を行うには、ある条件を満たさなければならない。

ギルドのレーラーの位階が第二位階〝熾位《セラフィム》〟に達していること、バベルの塔で申請して決闘が認められること、この二つを無視して戦争を仕掛ければ魔法協会まで敵に回す。

しかし、カレンは第四位階〝座位《オファニム》〟のため、決闘という手段が認められることはない。

なら、二つ目の方法しか残された道はなかった。

魔法協会が定めた法でクリストフを裁くのだ。

人造魔族の創造――〝魔族創造〟は三大禁忌の一つである。証拠を集めて魔法協会に提出すれば、クリストフどころか魔王グリムも無事では済まないだろう。

「だから、証拠を隠滅される前に回収を――って考えてたんだけどね」

証拠がなければ告発もできない。彼らに罪を問うことは敵《かな》わないのである。

しかし、人造魔族を造っているという証拠は順調に集まっていた。

むしろ――集まりすぎていた。

「不気味なぐらい……なんで隠そうとしないのかしら」

クリストフが何を考えているのかわからない。

自身が所有する施設が襲撃されているのは知っているはずだ。

普通ならば証拠など残さず破棄するだろう。人造魔族の件が明るみに出れば破滅だ。

なのに、カレンが施設に赴けば資料が目立つ場所に置かれているのである。

まるで持ち運びがしやすいように、わざわざ用意してくれているのだ。

「なにが狙いなのかしらね……」

得体の知れない不気味な気配が背後から迫ってきているのは気づいている。

それでもだ、今のカレンには罠《わな》だとわかっていても突き進む道しかない。

「シオンだけでも――必ず救い出してみせる」

人造魔族による副作用――魔力欠乏症を治す手段、またはシオンが人間に戻る方法。

どちらも探しているが、どれもまだ治療法は見つかっていない。

クリストフが犯罪に手を染めている証拠は山ほど出てくるのに、一番欲している情報が手に入らなかった。

「……あと時間はどれだけ残されているのかしら」

シオンに差し迫った危険はないが、その存在が明るみに出るのも時間の問題だろう。

「もしかして、クリストフが狙っているのはこれ？」

魔族は人類の敵である。保護しているとなれば、魔法都市全体が敵となるのは確実。

シオンの存在が明るみに出ると同時に、カレンは極刑を言い渡されることになる。

それを防ぐにはシオンが被害者であることを証明する必要があった。

「これだけ資料があれば大丈夫なはず……決定的な証拠はあたしの手元にあるもの」

なのに、なぜか不安が消えてくれない。

理由はわかっている。

不気味に沈黙を続けているクリストフがどう出てくるかわからないからだ。

「……もしシオンを探しているなら、もう見つかっていてもおかしくはない」

魔王の幹部という地位を使えば、すでにシオンがどこにいるのか把握しているだろう。

なにを考えているのか、なにを狙っているのか。

未《いま》だ動かないクリストフをカレンは気味悪く感じてしまう。

「……それともあたしの作戦が予想よりも上手《うま》くいきすぎているのかしら」

襲撃する度に〝魔法の神髄《ミーミル》〟だと名乗っていることが功を奏したのか。

もし、そうなら、想像以上の効果に戸惑いを覚えてしまう。

だが、そのせいでクリストフが警戒して動けないでいるのならば好都合なのも確かだ。

「なら、色々と確かめるためにも……ここで止まったら意味がないわよね」

カレンは地図を広げると次の襲撃箇所を睨《にら》みつけた。

＊

「今日だけで二度目の襲撃とは――元気なことだね」

部下が【投影】魔法で壁に映した映像を見て、クリストフはワインを片手に微笑《ほほえ》んだ。

映像の中ではカレンがクリストフの施設を襲撃していた。

「ふっくく、凄《すさ》まじいな。実験素材の中に彼女の知り合いでもいたのだろうか」

仮面を被《かぶ》っているので表情はわからないが、映像の中で炎が激しく暴れているのを見れば、どれほどの怒りを抱いているのか察することができる。

『笑い事ではありませんよ。まだ職員の避難も完全に終わってませんでした』

いつものように闇の中から響いてくる部下の声に反応して、杞憂《きゆう》とばかりにクリストフは声を弾ませた。

「それはもう仕方がないことだ。彼女の行動を読めなかったこちらが悪い。だが、僕の不手際なのも確かだ。現地職員が逃げられるようにすぐに手配してあげてほしい」

『では、部下を数人送って時間稼ぎをさせます』

「頼むよ。それと今回は間に合わないから仕方がないけど、次からは〝廃棄番号《アンチテーゼ》〟を使っていこうか」

『計画を早めるということでよろしいですか？』

「十分な情報は与えただろう。なら、これまでの貸しを一気に返してもらおう」

『かしこまりました。それでは仕上げの準備に入ります』

部下の気配が消えると、クリストフは椅子から立ち上がった。

「さて、そろそろ僕も動くとするか……」

「おいおい、こんなところにいやがったのか」

「ッ!?」

唐突に声を掛けられて、クリストフが驚いた顔で振り向けば、

「ったく、探したぞ」

煩わしそうな表情で後頭部を掻きむしる魔王グリムの姿があった。

「なぜ、ここに……?」

当然の疑問がクリストフの口から自然に飛び出す。

「遠征から帰還──いや、ギフトの能力ですか?」

「そうだ。よく気づいたじゃねえか、さすが俺の右腕ってところだな」

肩に腕を回して褒めてくる魔王グリムに、クリストフは照れて苦笑を浮かべる。

「グリム様の右腕だなんてキリシャ嬢に怒られてしまいます」

「あぁー……キリシャには俺が来たことは内緒にしとけよ。知られたらうるせえからな」

クリストフから離れたグリムは乱暴な動作で椅子に座った。

「わかっています。僕だってとばっちりは勘弁願いたい」

苦笑と共にクリストフが言えば、魔王グリムは楽しげに口角を吊《つ》り上げた。

「あいつは怒ったら怖いからな──で、それはそれとして俺に黙ってることはないか?」

映像が消えていない壁を一瞥《いちべつ》してから、魔王グリムは改めて視線を向けてくる。

ただそれだけでクリストフは心臓を鷲《わし》掴《づか》みにされたような感覚に陥った。

脂汗を額に浮かび上がらせて、クリストフは慌てて跪《ひざまず》く。

「まさか、グリム様に隠し事をするわけがありません」

「なら、あの映像に映ってる奴《やつ》はなんだ。それに映ってる場所は何処《どこ》か見覚えがあるんだが、まさかうちの施設が襲撃を受けてたりしねえよな？」

「確かにうちの施設の一つですが、私用のものです。近々放棄する予定でしたので……その前に遊びとして使ってみようと思った次第。今は罠に飛び込んできた哀れな実験動物に、魔法都市の厳しさを教え込むところでして、見て行かれますか？」

「いやあ、興味ねえな。大して強くもなさそうだし……だが、てめえの手には負えねえってんなら手伝ってやるが？」

「グリム様の手を煩わせるようなことはありません」

今、魔王グリムに介入されるのは非常に不味《まず》い。

クリストフが今後を見据えて仕込んできた全ての計画が無意味になってしまう。

「その言葉を信じてやるよ。だが、俺は舐《な》められるのが嫌いなのは知ってるよな？」

「よく存じています」

「なら、これ以上はアレを自由にさせるなよ」

「はっ、あとのことはお任せください」

返事はなかった。クリストフが顔をあげれば、椅子から魔王グリムの姿が消えていた。

重圧が去ったことで、ようやく安堵《あんど》のため息を吐《つ》いたクリストフは立ち上がる。

「これ以上は遊ぶことは許されませんか……」

遠征に行っているはずの魔王グリムが現れたのは、何処かで問題が起きていることを聞いたからだろう。

それが聞き流せる程度の噂《うわさ》であれば、わざわざ確認しにくることはなかったはずだ。

「しかし、懸念していたことが現実になるとは……何事も上手くいかないものだな」

魔王グリムが運営する施設が立て続けに襲撃を受けるのは、外部への影響を考えても許容できなかった。だから、自身が運営する研究施設にカレンを誘導して、悪評を最小限に抑えようとしたのだが。

「それでも悪い噂というものは立つか……しかも、グリム様に心配までさせてしまうとは本末転倒というものだな。これは反省しなければならない」

乱暴な言動から勘違いされやすいが、あれでも魔王グリムは面倒見が良いのである。

なにより魔王グリムの言葉は全てにおいて優先すべきものだった。

「計画を早めたのは英断だったか……なら、あとは〝廃棄番号《アンチテーゼ》〟に任せて……その間に僕は〝黒猫〟を始末したほうが……いや、いっそのこと纏《まと》めてというのも」

クリストフはぶつぶつと一人で思考を張り巡らせる。

「よし……これでいくとしようか」

頭の中で計画を組み直したクリストフは笑みを浮かべる。

元より計画は前倒しにするつもりだったが、

「〝ヴィルートギルド〟のレーラー、カレン嬢だったたか、十分楽しませてもらったよ」

魔王グリムより命令が下った今、本腰をいれて終わらせなければならない。

「そろそろ消えてもらおうか」

壁に映し出された映像を見て、クリストフは狡猾《こうかつ》な蛇のように舌舐《したな》めずりした。

＊

ようやくアルスのマッサージから解放されたシオンは三階の廊下を歩いていた。

「………エルザとは一度話し合わないといけないな」

先ほど風呂で起きた出来事を思い出すだけで羞恥心がこみあげてくる。

今でも悲鳴をあげたくなるほど恥ずかしい思いをさせられた。

エルザはとんでもない技術をアルスに仕込んだものである。

「それでもマッサージというだけあって、ちょっと身体《からだ》が軽くなってるのが腹が立つ」

確かに効果はあったが、もっと健全なマッサージをアルスに教えるべきだ。

エルザたちがアルスの教育を続けたら、いずれ大変なことになりそうな気がする。

「いや……もう遅いのかもしれないな」

シオンが諦めの境地に至った時、カレンの部屋に辿《たど》り着いた。

慣れた動作で扉をあけると風が吹き抜けていく。

「カレン？　いるのか？」

風呂に入る前、部屋の窓が閉まっていたのをシオンは確認している。

なら、部屋の主が帰ってきて窓を開けたか、それとも不法侵入されたかの二択である。

後者はまずないだろう。

なぜなら〈灯火の姉妹《ヴィルート・シュヴエスター》〉は〝ヴィルートギルド〟の本拠地だけあって、大勢の魔導師が住んでいる。だから泥棒が入るのは難しく、ましてやギルドの長カレンの部屋には、罠魔法などが多く設置されているので侵入するのは不可能に近い。

「帰ってきて……また出掛けたのか？」

毎夜のことだが、人の目を憚《はばか》るようにカレンは窓から部屋をでていく。

理由はよくわかっている。

シオンのため──だから一緒に、と思うのだがカレンは手伝わせてくれない。

なぜなら、シオンの存在は隠さないといけないからだ。

それでも自分にできることはないか、そう思うのだが、カレンは「大丈夫」だと言って何もさせてくれないのである。

「これは……写真?」

窓から入り込む風が寝台の足下に挟まっていた写真を運んできた。

好奇心を芽生えさせたシオンは手を伸ばして指先で触れる。

そこに写った物が視界に入った時、ちりっ——と、頭の片隅で小さな痛みが伴った。

痛みを堪《こら》えながら写真を見れば、言葉にできない光景が収められている。

「なんだ……どうして、こんなものがカレンの部屋に?」

床に四《よ》つん這《ば》いになったシオンは寝台の下を覗《のぞ》き込む。

すると奇妙に膨らんだ鞄《かばん》を発見した。

「……すまない」

謝罪を口にしてから寝台の下から鞄を引っ張り出した。

「カレンの趣味——とは思いたくないが……一体どこからこんなものを集めたのか」

鞄の中から溢《あふ》れるように飛び出したのは、ひどい有様となった人々が写った写真ばかり、他にも膨大な資料があってシオンは目を通していく。

「これは地図か?　どこかで見たような?」

撃墜マークが沢山刻まれた奇妙な——〝失われた大地〟の地図があった。

既視感のようなものを覚えて、シオンは集中して地図を眺める。

何か思い出しそうになったが、頭の中で白いもやのような、得体の知れない影が邪魔をする。ずっと見つめていれば、やがて、鋭い痛みが後頭部に迸《ほとばし》った。

「うぐっ……………」

頭痛が激しさを増していく。

地図が原因だと思って手放してみるが、痛みは和らいでくれない。

新鮮な空気を吸いたくなって、シオンは窓際に寄った。

「こんな頭痛は初めてだな……」

気を紛らわすために、窓から首を出して歓楽区の大通りを見下ろす。

夜だというのに人の往来が活発で、大勢の人々が酔っていて何の杞憂もない笑みを浮かべている。

シオンは深い呼吸を繰り返しながら、夜の街に繰り出す幸せそうな人々を眺めた。

「全然頭痛が治まらないな……」

自分の身体なのに何が起きているのか全くわからない。

ひどい目眩《めまい》に襲われて、窓枠に手をかけたところで、ふと大通りに視線を巡らせた。

そして――、

――ある人物と目が合った。

「クリ……ストフ？」

あの憎々しい笑み、人を見下したいけ好かない金色の瞳。

どうして忘れていたのか、ようやくシオンは――、

「そうだ……そうだったッ！」


――全てを思い出した。


激痛の波に襲われて、頭を押さえながら蹲《うずくま》ったシオンは強く奥歯を噛《か》み締める。

なぜ忘れていたのか、激しい憎悪を抱いていた相手。

仲間たちを苦しめた元凶。親しい友人の心に傷を負わせた男。

「ああ、すまない。みんな……アタシの……シオンのせいでっ！」

胸元を押さえながら、シオンは怒りを、憎しみを吐き出し続ける。

言葉にならない叫びが、怒りが、呪いとなって世界に産み落とされた。

頭の中をいくつもの思い出が蘇《よみがえ》っては駆け巡り、記憶が交錯して雁字《がんじ》搦《がら》めに脳を締め付けていく。

「うぐっ……あがっ……あァ」

シオンの瞳は充血して、その奥には復讐《ふくしゅう》の情念が滾《たぎ》っていた。

「待っていてくれ。絶対にあいつを殺すから……だから、みんな待っていてくれ」

自身の存在意義、ようやく思い出すことができた。

どうして、今まで呑気《のんき》に暮らしていたのだろうか。仲間の死を弔うこともできず、仇《かたき》を野放しにしている自分が、なぜ幸せを謳歌《おうか》していたのか。

「すまない。すまない。すまない。すまない」

頭を押さえながら蹲るシオンは床に額を打ち付け始める。

徐々に激しい音を生み出しながら、彼女の口からは謝罪の言葉だけが流れでていた。

頭の中に悲鳴が響き渡っているのだ。

仲間たちの無念の叫びが、眼球の奥を刺激して酷《ひど》い激痛を生み出している。

「……ああ……わかっている。わかっているんだ。待っていてくれ。待っていてくれ」

溢れる血涙を拭うこともせず、シオンは幽鬼のような青白い顔で立ち上がる。

もはや頭の痛みなど、あの男を殺すことを考えたら、どうでもよくなっていた。

身体の震えは歓喜か、それとも恐怖か、持て余した感情は殺気となって溢れ出す。

「クリストフ……お前だけは殺す」

聞こえたのか、それとも口の動きを読んだのか。

大通りから部屋を覗いていたクリストフの顔に凄絶な笑みが浮かび上がった。

＊

「さすがに……一日で二度も襲撃するのはきっついわね～……」

疲労感を滲《にじ》ませた表情でカレンは泥棒のように窓から部屋に戻ってきた。

そして、すぐさま異変に気づく。

仕舞っていたはずの資料や写真が床に散らかっていたからである。

「血……の跡？」

窓の近くには数滴の血が落ちていた。指先で触れたら肌に吸いつく。まだ乾いていないことから、時間がそれほど経《た》っていないことがわかる。床には何かを打ち付けたような不自然なヘコみがあったり、他にも掻《か》き毟《むし》ったような爪痕も残されていた。

「……シオン？」

カレンは足下に落ちていた一枚の地図を拾い上げた。

クリストフの研究施設の場所が書かれている。撃墜マークは破壊したという意味だ。

そして、丸で囲まれている場所は、まだカレンが襲撃していない施設である。

あとは一つを残すのみ、ここはクリストフの本拠地だとカレンは推測している。

「……まさかここに？」

自室に残された奇妙な変化、さすがのカレンも嫌な胸騒ぎを覚えた。

部屋を飛び出して廊下にでたカレンは近くにいた者に声をかける。

「グレティア、シオンを見なかった?」

「シオンさんなら、先ほどカレン様の部屋に入っていくのを見ましたけど?」

答えたグレティアは怪訝《けげん》そうに眉を顰《ひそ》めた。

血相を変えたカレンから尋常ならざるものを察したのだろう。

「何かありましたか?」

グレティアが真面目な表情でカレンに問いかけた。

だが、カレンは苦笑を浮かべると首を横に振る。

「なにもないわ。掃除中に声をかけて、ごめんなさいね」

カレンは背を向けて自室に戻ろうとするが、すぐさまグレティアが声をかけてきた。

「我々はいつでも動けます。カレン様……決断なされた時は必ずや我々も共に連れていってください」

シューラーに恵まれたとカレンは思っている。

何も言わずとも、何も語らずとも、彼女たちは心を汲《く》んでくれる。

きっと、カレンが望めば地獄にだってついてくるだろう。

かつて、シオンと共に戦った〝ラヴンデルギルド〟のように。

だからこそ、巻き込んではいけない。

もう二度と——あの日に抱いた気持ちを味わうのは嫌だった。

「そう……わかったわ。そのときはお願いするわね」

振り返ることはできなかった。弱い自分を見せたくなかったから。

レーラーとしての自尊心が甘えることを許さなかった。それでも背中からグレティアの強い視線が外れることはなく、カレンは逃げるようにして自室に戻る。

「さあ、シオンを迎えに行きましょうか！」

努めて明るくカレンは声を張り上げる。元より一人で戦い続けることは決めていた。

そして、いつものように仮面をつけようとして手を止める。

もし、シオンがいなくなった理由が外的要因だとすれば、カレンの正体は既に明かされているかもしれない。もし、そうなら、もはや顔を隠す必要はないということだ。

だから、そのまま窓枠に手をかけて飛び出そうとしたが、カレンは自分の手が震えているのに気づいた。

「いまさら怖じ気《け》づくなんて……馬鹿みたい」

いつもの強気な自分はどこにいったのか、カレンは自嘲の笑みを浮かべる。

好き放題に暴れておきながら、いざクリストフが相手になるかもしれないと思ったら尻込みするなど——そこまで自分は軟弱だったのだろうかと自問自答する。

「でも、行かなきゃ。シオンがそこにいるなら……」

改めてカレンは床に広がった地図に視線を落とす。

最後まで残された研究施設、ここでクリストフは待ち構えているはずだ。

だから、人造魔族に関する情報の集まり次第では、クリストフとの決戦は避けるつもりだったのだが、そんなカレンの考えを見透かしていたかのように、シオンが姿を消してしまった。

それに今日に限って二度も敵の施設を襲撃している。その間にシオンが失踪したことを顧みれば——今の状況はクリストフによって作り出された可能性が高い。

それに対してカレンは後手——つまり、準備不足なのは間違いないだろう。

自身の残存魔力も懸念すべきところだが、一番は体力が保《も》つかどうか、既に酷使されてきた身体《からだ》は悲鳴をあげている。そんな状態なのに本当に一人で大丈夫なのか、果たして勝てるのだろうか、この状況でまた〝廃棄番号《アンチテーゼ》〟と戦うことになればどうなるか。

そんな様々な不安が頭の中を駆け巡るが。

「でも、罠《わな》の中だろうと……全部、踏み越えてシオンを救わなきゃいけないのよ」

シオンを見捨てるという選択肢は最初から存在しない。

なぜなら、これまで行動してきたのは全て彼女を救うため——、

「ううん、違うわ。きっとシオンを通して……あたしが救われたいのよ」

三年間も蓄積されてきた後悔の念は、妄執となってカレンを縛りつけている。

それでも心の奥底に澱《よど》んだ恐怖を押し込んで、カレンは外に飛び出そうとする。

しかし、そんな彼女の背中に声をかける者がいた。

「なあ、カレン……」

聞き慣れた声音、常に余裕で満ちた声質、カレンは思わず肩を震わせる。

「覚悟はできたか？」

振り向いた先に、黒衣の少年が立っていた。

＊

「怖い怖い、まさに獣だね」

クリストフの視線の先――【投影】魔法によって映し出された映像の中で、シオンが暴れ回っていた。

「美しさの欠片《かけら》もない。まったく醜い姿だ」

『これも計画の内ですか？』

部下の咎《とが》めるような視線を受けて、クリストフは笑みを浮かべる。

「当然だろう――なんて言うつもりはない。想定外、ちょっとした好奇心だったんだ」

もしかしたら……と考えて彼女の前に姿を現した。

すると、面白いぐらいの反応を見せて追いかけてきたのだ。

本来はシオンを連れ去って、カレンを誘《おび》き寄せる餌にしようとしていたのだが。

「記憶はないはずなんだけど……なぜ、僕のことを追いかけてきたのか」

クリストフは必死に自分を探し続けるシオンの映像を見て唇を歪《ゆが》めた。

「気に食わないな。せっかくカレン嬢を歓迎するための準備をしていたのに」

カレンの襲撃に備えてシューラーを配置したり、罠を張り巡らせていたのだが、シオンのせいでほとんどが無効化されてしまった。

「でも、こうして見れば見るほど……ギフト【変化】は興味深いね。解剖したいところではあるけど、元に戻せないから捕らえた後は観察だけに留《とど》めるべきかな」

『〝廃棄番号《アンチテーゼ》〟をだして捕らえますか？』

「いや、彼は待機だ。自称〝魔法の神髄《ミーミル》〟カレン嬢のために備えておかないとね」

『しかし、相手は〝黒猫〟です。止められる者は他におりませんが？』

「二十四理事《ケリュケイオン》にまで上り詰めただけの実力はあるからね。決して舐《な》めてかかっていい相手じゃないが、油断さえしなければ決して勝てない相手でもない」

『もしや……クリストフ様、自ら相手にすると仰《おつしや》るのですか？』

闇の中にいる部下から戸惑いが多分に含まれた声が飛んできた。

「その通りだ。これでも僕は〝マリツィアギルド〟の幹部であり、魔王グリム様から留守を任されている立場だ。たまには部下に働く姿を見せておきたい。と、ここまでが建前なわけだが――本音は、これ以上暴れられるとカレン嬢の出迎えに支障がでる』

『では、ここまで〝黒猫〟を誘導するということでよろしいですか？』

「それで頼む。反省してもらうためにも、〝黒猫〟には絶望を味わってもらうとしよう」

『しかし、一人で相手にするのは危険かと……何人か補佐をつけましょうか？』

「足手纏《あしでまと》いは必要ない――と、言いたいところだけど、少しばかりやりたいことがあるから、Ｄ級魔導師あたりを数人ほど呼んできてくれるかい？」

『かしこまりました』

いつものように闇の中から部下が返事を寄越《よこ》す。

本当に優秀な部下だ。打てば響くようにこちらの意を汲んで動いてくれる。

「ん……？」

そういえば……一度も部下の姿を見たことがないのに気づいた。

いつも光が届かない部屋の片隅――闇の中にいるからだ。

ギフトが【投影】ということは知っている。今も壁に映し出された映像があるからだ。

今回、その便利な能力は娯楽となってクリストフを大いに楽しませてくれた。

しかし、どのような姿形をしているのか、長い付き合いだというのに思い出せない。

名前や性別すらも——と、ここまで考えた時、

『お呼びということで参上いたしました』

D級魔導師たちが姿を見せたことで、クリストフの疑問は頭の片隅に追いやられた。

「こっちに来てくれ。キミたちに渡しておくものがある」

時間が惜しいことから、早速、クリストフは最後の仕上げに向けて動き出す。

彼が差し出したのは四本の瓶だ。鮮やかな青色をした液体が入っている。

『これは?』

受け取った瓶を眺めながらD級魔導師たちが首を傾《かし》げた。

「一時的に魔力を増幅させる魔法薬《ポーション》の一種さ」

『そ、そんなものが……』

傷を癒やす回復薬というものは実在するが、それでも未《いま》だに魔力を増幅させたり、回復させる魔法薬《ポーション》は存在しない。当然そんなものが製造できたら貴重であるはずなのだが、クリストフは何でもないように差し出していた。

『い、いただいてもよろしいのですか?』

「僕を誰だと思っているんだい。魔王グリムの〝頭脳〟だよ。すでに増産体制に入っている。こんなもの近いうちに貴重ではなくなるさ」

受け取る魔導師たちに笑みを向けたクリストフは再び口を開く。

「効くまでに時間が必要でね。今ここで飲んでおきたまえ。侵入者と戦うときになれば魔力はきっと増幅しているはずさ」

さも当然のように言われてD級魔導師たちは疑問を抱くことなく飲み干した。

その時――唐突に壁が吹き飛ばされる。

瓦礫《がれき》が目の前を転がり、大量の破片が頭上から降ってきた。

砂煙が視界を覆い尽くせば。

「クリストフ！　お前の首を獲《と》りにきたぞ！」

獣の如《ごと》き咆吼《ほうこう》をあげて、砂煙を振り払った女性――シオンが姿を現した。

「品のない女だ。それに理解していない。自らの力だけでここまで来たとでも？」

シオンの殺気に晒《さら》されても、クリストフの笑顔に陰りはできない。

「ふっ、教えてやろう。僕の手の上で踊っていた事実をね」

クリストフが指を鳴らせば、D級魔導師たちがシオンを取り囲む。

「さあ、彼女を捕らえろ。キミたちの実力を見せてくれ」

クリストフは余裕綽《よゆうしやくしやく》々と宣言するが勝負は一瞬だった。

シオンの姿が掻《か》き消えたかと思えば、

『がっ!?』

一人の呻《うめ》き声《ごえ》を皮切りに、瞬く間にD級魔導師たちは地面に悉《ことごと》く倒れた。

「……馬鹿にしているのか？　この程度の連中でシオンは止められないぞ？」

猫が威嚇するように四《よ》つん這《ば》いになったシオンは、クリストフを見据えながら鉤爪《かぎづめ》で地面を抉《えぐ》り取る。しかし、そんな凄《すさ》まじい殺気に晒されても彼の余裕は崩れない。

「さすが、A級魔導師――第二位階〝熾位《セラフィム》〟まで上り詰めただけはあるじゃないか」

「次はキサマだ！」

不気味に笑うクリストフに勢いよく襲い掛かったシオンだったが、

「なっ!?」

さきほど倒したはずのD級魔導師たちがその前に立ち塞がった。

「邪魔をするなっ！」

ギフトの能力で鉤爪に変化していた手は、魔力を纏《まと》って凄まじい切れ味を生み出す。

彼らをあっさり切り裂いたが、しかし、D級魔導師たちはシオンの攻撃に耐え抜いた。

腕が弾《はじ》け飛んでも、腹が抉れても、足を付け根から失っても、彼らは虚《うつ》ろな目をして立ち続けている。さすがのシオンもD級魔導師たちの様子がおかしいことに気づいた。

『あっ、アッ、アァア――――ッ!?』

D級魔導師たちが雄叫《おたけ》びをあげてシオンの前で変質していく。

その様子を見て、喜色を帯びているのはクリストフだけだった。

「ふふっ、効果がでるまで五分、魔力は大体十倍まで膨れたかな？」

「クリストフ！　キサマ、自分の仲間になにをした!?」

シオンの怒声を聞いて、クリストフは煩わしそうに耳を片手で押さえた。

「うるさいな。実験台になってもらっただけじゃないか」

覚醒薬というものが存在する。ギフトに覚醒を促して〝天領《てんりょう》廓大《かくだい》〟に至らせる劇薬だ。

しかし、一時的に万能感に支配されるだけで効果は長持ちしない。

使用者は副作用によって廃人に至る。だから覚醒薬は失敗作というのが世間の評だ。

「だから、独自で覚醒薬を研究して新たな道を模索することにした」

クリストフは別の視点から考えることにした。

ギフトを覚醒に至らせるのではなく、人間を覚醒に至らせたらどうだろうかと。

人造魔族化——人間という枠組みから魂だけを世界から逸脱させる。

「あるとき思ったんだ。強靭《きょうじん》な肉体、強大な魔力を手に入れたら——ギフトも覚醒に至るのではないかとね」

現代でギフトが覚醒して〝天領廓大〟に至った者は、たった三人しかいない。

「ギフトを授けた神との対話か、ギフトを極めた者だけが至れる神域か、選ばれた者だけが〝天領廓大〟という究極魔法を神から授けられる——至れない身分では要領を得ないが、それがギフトを覚醒させる条件らしい」

クリストフは首を傾げる。

「果たして、本当にそうなのか？　僕はそこに疑問を抱いたわけだ」

「その結果がこれか？」

シオンが変わり果てたD級魔導師たちを眺める。

強大な魔力を身に纏って、その力に耐えきれず歪《いびつ》に膨れ上がった肉体。

もはや人間とは言えない風貌は、まさに魔物だ。

「これは簡易魔族化だよ。僕が作った。不出来な試作品だけどね」

クリストフは自身の研究成果を自慢したいのか誇らしげに胸を張る。

「薬剤による簡易魔族化の副作用は最初から人格が破壊されてしまう。ここは改善しなきゃいけない点だが、こちらの指示をある程度聞き分ける能力は残っている。あとは見目が多少は変わってしまうが……まあ、不細工だが愛嬌《あいきょう》があるから許容範囲だろう」

子供が作った泥人形のような姿になったD級魔導師たちを真剣に観察しながら、クリストフは興奮しているのか早口で説明してくれる。

「それに薬剤による簡易魔族化は、人造魔族化と違って手間がない。対抗馬は覚醒薬だが、あれはあまりにも効果が不安定すぎるし、運に作用される部分が大きい」

と、ここでクリストフは自身の気分が昂《たか》ぶっていることに気づいたのだろう。まるで熱を冷ますように頭を振ってから、咳払《せきばら》いを一つすると澄ました表情を取り繕った。

「確実に力を得る手段としては悪くない。人間をやめなきゃいけないけどね」

「狂ってる」

「そうかい？　だが、科学者というものは最初から狂っているものだろう？　いや、魔導師という存在が――と言ったほうがいいか？」

クリストフが指を鳴らせば部屋の明かりが一斉に灯《とも》された。

これまで闇の中に埋もれていた光景が浮かび上がる。

「狂っているからこそ、こうして躊躇《ためら》わずに一歩踏み出すことができる」

これまで闇に埋もれていた壁面に備えられた硝子《ガラス》製の円筒が現れる。

それはいくつもあり、中には歪な形をした人間が、老若男女問わず捕らえられていた。

人造魔族のなり損ない。失敗作――誰一人として生きてはいない。

拷問の跡なのか身体《からだ》の一部が欠損していたり、中には脳だけが残されている者もいた。

「僕の研究に十分に役立ってくれたよ。ここにいるのは元序列十八位〝ラヴンデルギルド〟の全構成員及びその家族たち――まあ、一部の赤子などは身体が脆弱《ぜいじゃく》すぎてね。肉片だけしか残っていないモノもあるが、一応は全員揃《そろ》っているはずだ」

数多くの死体の前で両腕を広げたクリストフの哄笑《こうしょう》が響き渡る。

「ああ、確認してくれて構わないよ。数が多すぎてね……いちいち研究材料に名前をつけるのも面倒だったんだ。判別できたら名前を教えてくれると助かるよ」

肩を震わせるクリストフは、シオンの反応を見て恍惚《こうこつ》とした笑みを浮かべていた。

「キミの家族《ギルド》なのだから見覚えはあるだろう？」

「キサマァァァァァァ！」

激怒。凄まじい殺気は空気さえも震わせる。

「殺してやるっ！　キサマだけは絶対に殺してやる！」

その反応を見てクリストフは観察するように眼《め》を細めた。

「いい反応だ。けど、モルモット風情が僕に偉そうな口をきくべきじゃないな」

踵《かかと》を床に打ちつければ、簡易魔族化したD級魔導師たちがシオンに飛びかかる。

「ああ……もう本当に素晴らしいな」

実験素材が勝手に動いて、目の前で戦いを繰り広げてくれる。

彼女たちの戦闘時間が長引けば、それだけで労せずして貴重な情報が手に入る。

「はは、いいぞ。せっかく僕の手に戻ってきたんだ。じっくりと解剖させてくれ」

だから、人間を素材にした実験がやめられないのだと、クリストフは思うのだった。

＊

「覚悟？」

カレンの前には、いつもと変わらない泰然自若としたアルスが立っていた。

「どういう意味かしら？」

焦燥感で素っ気ない態度になってしまったが、アルスが気にした素振りはない。

「短い付き合いだが……カレンはわかりやすいからな」

苦笑から始まったアルスの言葉は、慣れない気遣いから僅かな戸惑いが滲《にじ》んでいた。

日頃の彼からすれば非常に珍しい――だから、その優しい態度はカレンの心に沁《し》みる。

「最初はシオン――友人を助けるために動いているのかと思っていた」

これまでカレンが見せてきた行動から違和感を察したのだろう。

「あとは正体不明の相手だから慎重にいきたい。だからギルドの力も使わず少数の力で情報収集……そう思ってたんだけど、なんか違うよな？」

大々的に動けばシオンの正体――人造魔族ということが明らかになり、匿《かくま》っている〝ヴィルートギルド〟に危険が及ぶ、だから正体を知るアルスたちとだけ情報を共有することをカレンは決めていた。

しかし、相手の正体が明らかになるにつれて、情報共有は消極的になっていき、最終的には報告すらなくなった。それからはカレンの単独行動が目立つようになる。

「シオンを助けるために焦りもあったんだろうが、それもなんか違うよな？」

カレンの行動には何か腑《ふ》に落ちない点があるのは間違いなかった。

「なんで、他人を巻き込むことを恐れているんだ？」

最初から、この物語が始まったときから、カレンは常に一人で戦おうとしている。ギルドのシューラーたちを頼らず、家族のユリアを頼らず、そして居候のアルスすら利用しない。彼女は当事者であるシオンすらこの件から遠ざけようとしていた。解せない部分が多い。何か決定的な見落としがあるのは間違いなかった。

だからこそ、アルスは確認しておきたい。

カレンが何を成そうとしているのか、なぜ、そこまで頑《かたく》なに協力を拒むのか。

「なあ、教えてくれよ。なんで、一人で戦い続けるんだ？」

核心をついたのか、カレンは諦めたように弱々しい笑みを浮かべた。

「……あたしが悪いのよ」

三年前に起きた事件——シオン率いる〝ラヴンデルギルド〟と、魔王グリム率いる〝マリツィアギルド〟の大規模な抗争。

「その原因がね——」

壁に背中を預けたカレンは身体の力を抜いて、全てを吐き出すように天井を仰いだ。

「——あたしなのよ」

退廃地区でシオンに助けられた後、カレンは〝ラヴンデルギルド〟の世話に——今のアルスのように居候の身分で迎え入れられた。

そこで魔法都市の様々なことを皆から教わりながらカレンは成長していったのだ。

「本当に楽しかった。ずっと王宮で暮らしてたから……何を見るのも新鮮で珍しいモノばかりだったから」

二週間が過ぎた頃だろうか、魔法都市という場所に少しだけ慣れてきたカレンは、再び退廃地区に足を踏み入れた。

「……女の子が連れ去られそうになってたから助けたの」

今思えば不自然な点は多いが、当時はその少女を見捨てることができなかった。

初めて魔法都市に訪れた自分と重ねてしまったのだ。

「でも、それは罠《わな》だったのよ」

当時、二十四理事《ケリュケイオン》の椅子に座っていたシオンは煙たがられていた。

魔法協会の改革、魔法都市の区画整理、魔王や二十四理事《ケリュケイオン》への集権化の危険性を訴える等、様々な活動をしていたからである。だから、目障りに思われていた彼女を排除しようとする勢力が生まれるのも必然だった。

そして、魔王グリムの〝頭脳〟と呼ばれるクリストフと二十四理事《ケリュケイオン》が結託したのだ。

「女の子を攫《さら》おうとしていた相手が〝マリツィアギルド〟のシューラーでね。あたしは魔法協会から取り調べを受けることになった」

女の子を救い出したカレンに後ろめたいことは何もなかった。

だが、相手は魔王が率いるギルドのシューラーだ。

対してカレンは何の後ろ盾もなく、ギルドにも所属していない小娘である。

どちらかを比べた時、誰が罪に問われるかと言えば後者だ。

「シオンが二十四理事《ケリュケイオン》の地位を使って助けてくれたわ。でも、そこから全て狂い始めた」

カレンに罪はないと庇《かば》ってくれたシオンだったが、魔法協会は二十四理事《ケリュケイオン》の地位を私的に利用したとして彼女に謹慎処分を与えた。

さらに〝ラヴンデルギルド〟に二ヶ月間の活動停止処分を下したのである。

理解できない処分に納得できるはずもなく、シオンは抗議するが受け入れられることはなかった。そこへ魔法協会の決定に逆らった報復なのか、シオンたちは〝マリツィアギルド〟へ多額の賠償金支払いまで命じられる。

不服としたシオンだったが、それも受け入れられず、魔導師の模範となるべき二十四理事《ケリュケイオン》の行動に相応《ふさわ》しくないとして資格が剝奪されてしまう。

そして、〝ラヴンデルギルド〟は〝マリツィアギルド〟に宣戦布告された。

魔法協会が即日に許可を出したことで、準備も整えられず〝ラヴンデルギルド〟の主力は決戦場に向かう羽目になる。

「そして、シオンたちは魔王グリムに敗北して帰ってくることはなかった」

その後も攻撃の手が緩まることはなく、〝ラヴンデルギルド〟は本拠地を強襲されて壊滅する。非戦闘員は攻撃の手から免れたが、次の日には全員が連れていかれてしまった。

理由は退廃地区で人間を攫って奴隷事業に手を出していた――身に覚えのない罪によって、魔法協会からペナルティを受けたのである。

「全て仕組まれてたのよ」

クリストフを責任者とした調査団が〝ラヴンデルギルド〟の本拠地を捜索する。

奴隷売買や人造魔族に関する書類、本拠地の地下から人骨が発見されるなど、全く身に覚えのない犯罪の証拠が沢山でてきた。

クリストフが持ち込んだのは明白だったが、力を失っていた〝ラヴンデルギルド〟に反論ができるはずもなく、いくつもの冤罪《えんざい》によって解散まで追い込まれてしまう。

「切っ掛けはなんでも良かったんでしょうね。ただ邪魔なギルドを潰したかった」

そして、クリストフは自身の研究に使う素材が欲しかったのだろう。

連れ去られた者たちは――、

「実験台にされたのよ」

床に散らばった大量の写真の中から一枚を拾い上げる。

「この人はレッジ婆《ばあ》さん、あたしに魔法都市の危険な場所を教えてくれた人」

更にもう一枚拾って懐かしそうに眼を細めた。

「この女の子とこの男の子は幼なじみでね。とても仲が良くて商業区でよく買い物をしている姿を見たわ。からかったら二人とも顔を真っ赤にして初心《うぶ》な反応を見せてくれた」

どの写真の人も見覚えがある。カレンに様々な知恵を授けてくれた人たちばかりだ。

写真の中にいる彼らは当時の原形を留《とど》めていないが、大切な友人たちをカレンが見間違えることはない。

「全部……あたしのせいなのよ」

カレンが女の子を救おうとしなければ、それが罠だとわかっていれば、まだ〝ラヴンデルギルド〟は潰れずに済んだ。こんな悲惨な結末にはならなかっただろう。

「だから、シオンをあたしが救いだすの。今度は見捨てられない」

かつて仲間に迎え入れてくれた者たちの写真を眺めながら、カレンは唇を噛《か》み締める。

「みんなのためにもシオンを……彼女だけでも助けてみせる」

「だから一人で行くのか？」

「そうよ。ギルドは関係ないもの。これはあたしが始めたことで、決着をつける責任もまたあたしにある」

「それでも、カレンはレーラーだろ。相手からしたら関係ないことはないだろう」

カレンは〝ヴィルートギルド〟のレーラーで、責任をとらなければならない立場だ。

それを関係ないと言い張るためには——勝つしか道はない。

「勝算はあるのか？」

「証拠があるわ」

残酷な資料なら大量にある。部屋の床に散らばったもの全てがそうだ。

これを魔法協会に提出すれば、さすがに無視できない。魔王が相手であろうとも、証拠さえ揃《そろ》っていれば、二十四理事《ケリュケイオン》たちは嬉々《きき》として引きずり下ろしにかかるだろう。

「シオンを助け出したら、証拠を提出してクリストフも引き渡す。あとは魔法協会が処分してくれるはずよ」

「クリストフを捕らえて……シオンも救い出すか、本当に一人でやれるのか？」

「やるしかないのよ。今なら魔王グリムもいない。こんな好機は二度とないの」

だから全部、今日で終わらせる。と、カレンは最後に言ってから窓枠に手をかけた。

そんな彼女の背中に向かって、アルスは真面目な表情で言葉を紡ぐ。

「オレがいるだろ」

「えっ？」

驚いた表情で振り返ってきたカレンに、アルスは自分の存在を示すように胸を叩《たた》いた。

「だから、オレがいるだろう。一緒に連れて行けよ」

「ふ、ふざけないで！　アルスなんて一番関係ないじゃないの。巻き込むわけにはいかないわ。あなたはここで待ってなさい」

カレンが出会った時からアルスに優しかった理由、それが少しわかった気がした。

シオンたちに伝えきれなかった想《おも》いを――返せなかった恩を、かつての自分の境遇に似たアルスを通して返している。そんな贖罪《しょくざい》の意味もあるんではなかろうか。

「なんで泣いてんだよ」

「…………えっ」

不思議そうに自身の目元を触って、濡《ぬ》れた指先を見たカレンが驚いた表情をする。

アルスの優しさに触れたことで、これまで堪《こら》えていた気持ちが決壊したのだろう。

「言っただろ。最後まで責任とるってな。シオンを最初に見つけたのはオレなんだ。これはオレが選んだ道なんだよ。カレンが背負う必要なんかないんだ」

アルスはカレンに近づくと、その肩に手を置いて説得する。

「オレは最初から覚悟はできてる。なら、カレンもオレを巻き込む覚悟を決めろよ」

「……無理よ。できないって言ってんでしょ……もう誰も巻き込みたくないの」

カレンはアルスの手を振り払って、涙で溢《あふ》れた紅瞳を向けてくる。

「あたしのせいでもう誰も失いたくないのよ」

それが根本的な問題なのだ。

カレンは自分の判断によって誰かを失うのを極端に恐れている。

「大好きな人たちが、あたしのせいで死ぬのは……もう耐えられないのっ」

ギルドのレーラーとして、カレンはこれまで難しい決断を何度もしてきたはずだ。

なのに、今回に関しては、どうしてこうも極端な反応を示すのか。

それは状況が違うからだ。

皆はカレンの性格から突飛な行動をする大胆なレーラーだと思っている。

でも、実は自身が理解できないことや、難しい決断を迫られた時は、エルザを含めたギルドの幹部に必ず意見を求めて、その言葉に従う傾向が強い慎重派だ。

なので、他人に意見を求められる状況なら彼女の性格は良い方向に作用するが、こうして自分だけで決断しなければならないときは暴走してしまう傾向にある。

そんな彼女を説得するために、アルスはカレンを強く抱き寄せた。

「オレは絶対に死なない。だから頼れよ。もう一人で背負わなくていいんだ」

突然抱きしめられたことに驚いていたようだが、カレンはやがて嗚咽《おえつ》をもらし始めるとアルスの胸に顔を埋《うず》めてきた。

「……もうどうすればいいのかわからないの」

カレンが細い声を震わせる。そんな彼女の頭を優しく撫《な》でながらアルスは頷《うなず》いた。

「ああ、そうだな」

「……一人じゃ何をしたらいいのか、もうわからないの」

「わかってる。だから、オレを頼れって言ってるだろ？」

それが最後のトドメとなったのか、ややあってからカレンは小さく頷いた。

「……助けて――助けてください。あたしの力だけじゃ、きっとシオンを救い出せない」

堰《せき》を切ったように泣き始めたカレンの頭をアルスは無造作に撫で回す。

「違うだろ。手を貸せって言えよ。お前がシオンを助けた責任をとれってな」

「ばか、そ、そんなこと言えるわけないいじゃない」

いつもの調子を取り戻したようなカレンの台詞《せりふ》だったが、泣いている姿を見られたくないのかアルスの胸に顔を埋めたままだ。

「それより、二人で乗り込むのは確定なのか？　ユリアやシューラーたちには？」

「考えていることがあるから、伝えなくてもいいわ」

アルスから離れたカレンは目尻に溜《た》まった涙を拭いながら言った。

「……いいのか？」

「一応ね。失敗したときの保険として、〝魔法の神髄《ミーミル》〟の振りをしているのよ」

成功してるかどうかは疑問だけど、そう最後に付け足したカレンは苦笑する。

シオンの救出に失敗したときは、ギルドに迷惑をかけないように、〝魔法の神髄《ミーミル》〟と言い張って責任をとるつもりだったらしい。〝ヴィルートギルド〟のレーラーに似てるけど、気のせいだから全く関係ないから——そんな暴論を押し通そうとしていたそうだ。

「へえ、それは悪くない作戦だな」

世界を騒がす〝魔法の神髄《ミーミル》〟を名乗れば、相手は反応せずにはいられないだろう。

「オレも名乗ってみるか」

勝手に名前を使われたら〝魔法の神髄《ミーミル》〟が怒って名乗りでてきそうだ。

「それよりクリストフだったか……そいつがいる場所はわかるのか？　シオンもそこにいるんだろう？」

「ええ、クリストフの研究施設も最後の一つだから、ここで間違いないと思う」

地図の一点を指し示したカレンが説明してくれる。

「そうか、なら行くとするか」

「一応〝転移〟を使うから、シューラーたちに悟られないよう離れた場所に行くわよ」

カレンの指示を受けてアルスは了承する。

二人はともに窓から身を投げ出して夜闇に消えていった。

そして、静かになった室内に足を踏み入れる者が一人。

床に落ちた膨大な資料を眺めていたが、やがて写真を一枚拾い上げて眼《め》を細める。

「……ユリア様に知らせなければなりませんね」

心地良い夜風を受けながら、窓際に近づいたエルザは横髪を押さえるのだった。

＊

「やっぱり戦争の原因はカレンでしたか……」

カレンたちが出発した頃、ユリアは魔法都市の退廃地区でヴェルグと会っていた。

「苦労しましたよ。なにせ、ほんの些細《ささい》な切っ掛けだったので、誰も覚えていなかったようですからね」

「それなら、なぜ、わかったんですか？」

「簡単な答えですよ。二十四理事《ケリュケイオン》の一人に〝聖騎士派〟がいるからです」

「知りませんでした……二十四理事《ケリュケイオン》に？」

「ふむ、ご存じありませんでしたか……まあ、その者が〝聖女〟の妹君のことを知っていたようで、独断で〝マリツィアギルド〟の脅威から守ったようですね。もしくは、我が妹から何かしらの連絡が入ったのかもしれませんが……」

抗争の原因でありながら、カレンが無事であった理由だ。

エルザが指示していたのであれば、その報告をユリアは受けているはずである。

なので、その見知らぬ二十四理事《ケリュケイオン》が独断で〝聖女〟ユリアに配慮した可能性が高い。

ユリアが〝聖女〟という情報は聖法教会〝女教皇派〟でも機密として扱われている。

なら、〝聖騎士派〟で知っている者はどういう存在なのか――〝女教皇派〟からの二重スパイをヴェルグは疑ったのだろう。だから、当たり前のように探りをいれてきた。

けれど、素直にユリアが知らないと驚いたので、ヴェルグは失言したことに気づいて戸惑った。もしくは、カマをかけたが予想と違った反応をされて動揺した可能性もある。

他にも色々と推測してみるが、ユリアは早々に思考を打ち切った。

あまり深く考えないほうがいい。

答えがでない状況での検討は泥沼に嵌《は》まってしまう。

（まあ……なんにせよ、ありがたいですね）

二十四理事《ケリュケイオン》に〝聖騎士派〟といえども、ユリア寄りの者がいるのは今後のことを考えれば非常に頼りになる。

「ぜひ、お礼を言いたいところですが、その方の名を教えていただいても？」

「私がお伝えしておきます」

「そうですか、残念ですが仕方ありませんね。よろしくお伝えください」

予想通りの反応が返ってきたので、ユリアは残念だとは思わなかった。

そもそも長年に亘《わた》って聖法教会〝聖騎士派〟が魔法協会に仕込んだ毒――それを易々《やすやす》と〝聖女〟だからという理由で明かす道理もない。

むしろ、その存在はユリアにも隠し通さなければならないものだろう。

だからこそ、今回の件で〝女教皇派〟のユリアに存在だけでも知られたのは非常に厄介なことになるのだが、

「ですが……ご安心ください」

と、ヴェルグの勿体《もったい》ぶった話の切り口に、違和感を得たユリアは紅茶の入ったカップに

伸ばした手を止めた。

（ああ……なるほど、ここまでが布石でしたか）

ヴェルグの狙いに気づいたユリアは自然な動作でカップを手に取った。

そして、紅茶の香りを楽しみながらヴェルグの言葉を待つ。

「何かご用がありましたら、私に言ってくださればいつでも口利きいたしますので」

二十四理事《ケリュケイオン》を利用したかったら、今後もヴェルグを通せということだ。

さらにヴェルグの言葉の裏に潜む要求を読むとするなら、アルスに関する情報の提供、同時に聖法教会の悪印象を改善、あるいは本人との面通しを望んでいるのかもしれない。

（さて、どう返しましょうか）

素直に了承してしまえば、これまであった優位性をユリアは手放さなくてはならない。

聖法教会〝女教皇派〟が秘匿していた〝聖女〟であることを明かしたことは、ヴェルグに対して大きな貸しとなっている。〝聖騎士派〟からすれば、この情報は極めて重要度が高く、彼の立場だと状況次第で大きな切り札となり得る。

その見返りとしてヴェルグは二十四理事《ケリュケイオン》という切り札をだしてきたのだろう。

それでユリアへの借りを解消しようとしたのだろうが、正体も明かされていない二十四理事《ケリュケイオン》の情報と、〝聖女〟の正体が同等だと思われるのは癪《しゃく》である。

「ええ、今後は何事もこちらを優先して頂けることだと思います。もちろん、私のほうでも〝黒き星《フラヴン・アース》〟に関してできる限りのことはいたします。ヴェルグ殿にも聖法教会での立場もあるでしょうからね」

協力するのは当然のことで、〝黒き星《フラヴン・アース》〟の情報も欲しいのであれば、二十四理事《ケリユケイオン》程度の情報では釣り合わない。一度、アルスとの接触に失敗しているヴェルグのために協力してやるのだから、借りが帳消しになったと思わないことだ。

と、ユリアは告げたわけである。

「〝聖女〟のご配慮に感謝します。今後とも互いに協力していければと思います」

ヴェルグからの笑顔の返答に、紅茶を口に含んだユリアは喉を潤してから微笑《ほほえ》んだ。

「ええ、本当によろしくお願いしますね」

最後に念を押しておいてから、ユリアは話題を変えた。

「早速ですが、今回の件に関しては全面的に協力していただけるのですよね」

今後起きるであろう不測の事態に備えてのことである。

「それは勿論《もちろん》です。しかし、一つだけお伝えしておきたいのは、我々に重要なのは〝黒き星《フラヴン・アース》〟であって〝魔法の神髄《ミーミル》〟ではないんですがね」

「今回の件にアルスが関われば、必ず魔王が出張ってくるでしょう。そのための保険が必要です」

今はカレンが一人で突っ走っている状態だが、アルスの性格からして放置しておくとは思えない。突飛な行動にでることが予測されるため、あらかじめ対応を考えておかないと大変なことになるのだ。

「それなんですが……そもそも魔王に目をつけられて、アルス様が魔法都市を追い出されるのであれば、こちらとしては好都合なんですがね」

確かにヴェルグの言う通りだ。

聖法教会にアルスを迎え入れるのなら、魔法都市から追い出されたほうが好都合とも言える。しかし、それは〝女教皇派〟からすれば許容できることではない。

「ヴェルグ殿、ここは感情論を抜きにして語り合いたいところですね」

聖法教会の〝女教皇派〟と〝聖騎士派〟では魔法協会に対する方針が違う。

〝女教皇派〟は魔王たちの撃滅が悲願である。

けれど、魔法協会そのものを潰すことは避けたい。理由はいくつもあるが中でも最たるのが、魔法協会もまた〝魔帝〟となった〝聖帝《ゼウス》〟が創った組織だからである。

どちらかと言えば、魔王たちを排除した後、魔法協会を聖法教会に取り込みたいというのが〝女教皇派〟の望みなのだ。

対して〝聖騎士派〟はより過激な思想を持っており、魔王だけじゃなく魔法協会という存在すらも世界から消滅させたがっている。

要するに〝聖騎士派〟は嫉妬しているのだ。

聖帝《ゼウス》が聖法教会を捨てたことに対して、そして魔法協会を創設したことに耐え難い屈辱と嫉妬を感じているのである。だから、魔帝という名を激しく嫌悪しているし、魔法協会を吸収しようとする〝女教皇派〟の思想と相容《あいい》れることがない。

こうして派閥の違う二人が今話し合えているのはアルスという存在があるからで、本来ならこうして向かい合って話すことなど不可能なことだったのだ。

「〝聖騎士派〟と〝女教皇派〟。派閥と思想こそ違いますが、〝黒き星《フラヴン・アース》〟への想《おも》いは同じであると思っていました。私の勘違いだったのですか？」

「否定はしませんが……思想が違うからこそ難しい問題なんですがね」

派閥と思想を簡単に結びつけたユリアに、苦言を呈するようにヴェルグが眉を顰《ひそ》める。

だが、ここで押し問答しても意味がないことは理解しているのだろう。

この場で優位に立っているのはユリアなのだ。

彼女に反発して仲違《なかたが》いしたところで、ヴェルグにとって有益なことは何一つない。

「いいでしょう、今後起きるであろう事態に備えて協力するのは構いません」

と、ヴェルグは言い終えてから、ユリアの発言を制するように片手を向けて言葉を付け加えた。

「ですが、約束は守ってもらいますよ」

「ヴェルグ殿が誠意を見せてくれるのなら――あなたの望みを聞き入れましょう」

「わかりました。では、こちらをどうぞ」

嘆息したヴェルグは安心したように書類の束をユリアに手渡してきた。

「それには人造魔族に関することの全てが書かれています」

「……クリストフの研究成果もあるんですね」

「ええ、全てと言ったはずですよ」

ヴェルグの笑みが深まる。

魔王グリムに仕えるクリストフの研究データを奪えるとは、これも二十四理事《ケリュケイオン》の伝手《つて》なのか。それとも別の協力者が存在するのか。気になるところであったが、それ以上にシオンを治す術《すべ》があるのかどうか。今はそれが一番の関心事だった。

「……これは」

書類を流し読みしていたユリアの手が止まる。

その反応を見てからヴェルグが待ってましたとばかりに口を開いた。

「気づかれたようですね。それは聖法教会から取り寄せた情報です」

「間違いないのですか？」

「試してみないとわかりません。その辺りの判断は〝聖女〟様にお任せしますよ」

伝えたいことは伝えたのだろう。ヴェルグは満足そうに紅茶を飲む。

「……よく考えて決めようと思います。時間も必要ですし、私一人では難しい」

シオンの治療に役立つかもしれない情報は書かれていたが、それにはアルスの協力が必要不可欠のようだ。

聖法教会の研究部が調べたことなので、まず間違いないのだと思うが、失敗したときのことを考えればユリアが憂鬱になるのも仕方がなかった。

「大変でしょうが、アルス様によろしくお伝えください。本当に、くれぐれもお願いしますよ」

先ほどのやり取りでユリアにやられた意趣返しだろう。人の気も知らないで、ヴェルグは他人事《ひとごと》のように言ってきたが、そのような挑発に乗るユリアではなかった。

「確かにアルスには伝えさせていただきます。必ずこの情報は役立てますよ」

視線を交わす二人。その間には見えない火花が散っている。

内心を互いに悟らせず笑顔のままなのだから殊更に不気味であった。

そんな奇妙な空気も長くは続かない。

室内にもう一つの気配——エルザが部屋に入ってきたからである。

「ユリア様、アルスさんとカレン様が動きました」

エルザはユリアに近づくなり、耳元に顔を近づけると端的に報告した。

「〝ヴィルートギルド〟もですか?」

「二人だけで行かれました」

ユリアはそれを聞いて大袈裟《おおげさ》なほど大きく嘆息する。その仕草で対面に座るヴェルグは察したようだ。もちろん、そのためにわざとらしい反応を示したのだから、気づいてもらわないと困るのであるが。

「こちらのことは気にせず行かれるとよろしい」

望んだ返答をしてくれたので、ユリアは小さく頷《うなず》くと慌てず立ち上がる。

そのままエルザと共に立ち去ろうとするが、ヴェルグはその背中に声をかけてきた。

「最後に聞きたいのですが――〝聖女〟様はどちらが欲しいのですか？」

〝魔法の神髄《ミーミル》〟か〝黒き星《フラヴン・アース》〟。

どちらのアルスをユリアが求めているのか確認しているのだ。

ふとした好奇心、些細《ささい》な興味からの質問だったのだろうが、その反応は劇的だった。

振り向いたユリアが恍惚《こうこつ》とした表情を浮かべていたのだ。

「ッ――……」

ヴェルグは息が詰まるほどの不可解な威圧に襲われる。

「…………な、るほど」

ただ、それだけでヴェルグは悟ってしまった。

彼女もまた自分と同じなのだと、その表情だけで察するに余りある。

確信にも似た答えを得たヴェルグは嬉《うれ》しそうな笑みを浮かべるのだった。

シオンとD級魔導師たちの戦いは佳境を迎えていた。

簡易魔族化したD級魔導師が相手でもシオンは圧倒的だ。

「これで終わり――――ッ!?」

最後の一人に攻撃を加えようとしたが、シオンはその手を唐突に止める。

なぜなら最後のD級魔導師が眼前で溶けるように地面に崩れ落ちたからだ。

奇妙な現象を怪訝《けげん》に思う間もなく、シオンは片膝をついて荒い息を吐き出す。

弱々しい姿を見せるシオンに、クリストフが拍手をしながら近づいていく。

「いやはや、見事な戦いだったよ。でも、無茶をしすぎたようだね」

「くそ……」

「もう魔力も残り少ないようだが――こちらの実験素材も限界のようだからいいか」

膨大にあったシオンの魔力も今では見る影もない。

それ以上にひどい有様なのは彼女と戦闘していたD級魔導師たちだろう。

彼らはシオンとの戦いで見るも無惨な姿――跡形もなくなり、泥のようになっていた。

「まあ、素体がD級魔導師だと考えれば……ここまで戦えただけで十分か、それでも簡易魔族化は生命力が極端に弱いのが今後の課題になりそうだな」

　ただの泥に成り果てたD級魔導師たちを眺めたクリストフは指を鳴らす。

　すると、どこからともなく部下たちが現れて黙々と床の掃除をはじめた。

「……まるでゴミのような扱いだな。仲間なんだろう？　こんな姿になってまで、お前のために戦ったんだぞ？」

「だから、どうしたと言うんだい？　こんな泥に成り果てた魔族の出来損ないが仲間なんて気味が悪いだろう」

「……お前は仲間をなんだと思ってるんだ！」

「……まったく、そんな弱者の考えを持つから、キミのギルドは壊滅したんだ」

　挑発的な口調で、クリストフは大きく腕を動かしてシオンの視線を誘導する。

　広間の壁際に並べられているのは、三年前にシオンが率いていた〝ラヴンデルギルド〟に所属していたシューラーたちの変わり果てた姿である。

「友情、愛情、くだらない感情を持つが故に、研究素材《モルモット》に成り果てた」

　立ち上がれないほど体力を消耗しているシオンの髪の毛を摑《つか》んで顔を持ち上げる。

「よく聞け。よく見ろ。弱い者は何も守れない。そこに気づかないから今もこうして僕に一太刀も浴びせることができない」

　クリストフは地面に叩《たた》きつけるようにシオンの髪の毛を手放した。

「キミは敗者なんだ。受け入れろ。敗者は勝者の要求を全て受け入れるしかないんだ」

クリストフは小馬鹿にするように笑ってから彼女の頭に足を落とした。

「ぐっ!?」

「そのほうが楽になるぞ。キミのために死んでいった仲間たちを想うならね」

それにしても、とクリストフは興味深そうにシオンを見下ろした。

「気になるね……なぜ、キミに仲間たちの記憶が残っているんだろうか」

人造魔族には非常に厄介な欠点が存在する。

「人造魔族化を施された人間は魔力を回復できなくなる。魔力を使わずに生きたとしても長くて五年、短くて三年と非常に寿命が短い。それが人造魔族化の欠点だ」

魔族が脅威と思われている理由の一つが、〝肉体再生〟と呼ばれる不思議な能力だ。

下半身が引きちぎれるような致命傷であろうと、〝肉体再生〟が強制的に発動することで生き長らえてしまう。その代償は大量の魔力なのだが、もし足りなければ中途半端な治癒の状態で止まる。そんな特質を人造魔族もまた引き継いでいた。

だが、人造魔族は魔力を自然回復できないので、〝肉体再生〟が発動すると同時に魔力欠乏症に陥って死に至ってしまう。

「だが、そんな人造魔族の中で、たまにキミのような個体が誕生することがある」

シオンのように魔力の消費ではなく、〝記憶〟を代償にして〝肉体再生〟を発動させる特殊個体がごく稀《まれ》に誕生する。だから、彼女はいくら致命傷を受けようと〝記憶〟を代償として〝肉体再生〟が発動するので死ぬことはない。

そして、代償として失った記憶が戻ることも絶対にないのだ。

それがこれまでの研究結果から導き出された結論である。

「……だから不思議なんだ。どうやって記憶を取り戻した？」

解剖してみたい。彼女の身体《からだ》にどんな変化が訪れているのか確かめたい。

研究者としての本能が訴えている。シオンを調べれば、更なる叡智《えいち》を手に入れられる。

誰も成し遂げられなかった偉業に達することができるかもしれない。

だが、再び実験に使おうにも、彼女の魔力は枯渇しかけている。

「耐えられるかどうか……いや、だからこそ、いっそ解剖したほうがいいのか」

シオンの頭に乗せた足に体重をかければ呻《うめ》き声《ごえ》が返ってくる。

「そうだな。死んだら標本にして仲間とともに飾ってやろう」

クリストフは涙を流しながら悔しがるシオンを見て笑みを深めた。

その時――クリストフは建物が激しく揺れるのを感じた。

『クリストフ様、侵入者です』

「やっと来たか、それで数は？」

シオンを取り戻そうと、ギルド総出で襲撃してくることは計算の内だ。

『二人です』

「……は？」

『ですから、二人しかいません』

クリストフは思わず問い返したが、冗談のような言葉なのに、部下の口調は酷《ひど》く深刻そうだった。

＊

「アルスはなんでシオンを助けたの？」

隣を駆ける紅髪の少女――カレンが小首を傾《かし》げて尋ねてくる。

「ずっと『死ぬわけにはいかない』って言ってたんだ」

最初は魔物に負けた者が救いを求めているのかと思った。

けれど、駆けつけてみれば傷一つ負っていない女性が倒れているだけ。

どうしてそんな状況に陥ったのか見ただけではわからなかった。

「なんで？ってなるだろ。助けて――そう呼ばれていたら単純だったんだけどな」

純粋に助けを求められていたら興味をもたず、怪しい連中が現れなければシオンを安全な場所に置いて帰っていたかもしれない。

「それに魔獣化だったか、あれを見たら連れて帰らなきゃな」

魔族と呼ばれる人類の敵——その存在は不可思議な能力をいくつも持っている。

例えば魔獣の姿に戻れたり、致命傷すら治す特殊能力があったり、他にもいくつか魔法に関する話をアルスは【聴覚】で聞いたことがあったのだ。

残念ながらシオンは人造魔族だったようだが、それでも似たような能力を持っていたので、彼女は十分にアルスの好奇心を満たしてくれた。

「いつか本物の魔族を見てみたいもんだけどな」

まるで子供のように目を輝かせるアルスに、カレンは呆《あき》れた表情を浮かべる。

「深域に行けば確実に会えるわ。人類が魔族を敵と定めているように、彼らも人類を天敵のような扱いにしてるみたいだけどね。あと高域には友好的な魔族もいるみたい」

人類にも様々な思想を持つ者がいるように、魔族にもまた変わり者は多くいるようで、一部は人類と同じように国家を作って密《ひそ》かに交易や交流をしていたりする。

高域で街を造って、驚くことに魔導師を相手に商売をしていたりするのである。

もちろん、そこには人類の法は存在せず、犯罪を犯した場合などは魔族が作った法によって裁かれるらしい。

ならば、なぜ人類の敵とされているのか、それは単純な理由だ。

〝失われた大地〟の〝高域〟に行ける者が一握りだからだ。

実力のある者だけが辿《たど》り着ける場所にしか魔族は住んでいない。だから、魔法を使えないギフトを持つ平民や、〝低域〟や〝中域〟で狩りをするような魔導師たちからすれば、魔族が恐怖の対象なのはいつまで経《た》っても改善されないのである。

それに高域にある魔族の都市から帰った者が、あそこは天国のような場所、人間と彼らは変わらないのだと言っても、頭のおかしい奴《やつ》としか思われず、逆に迫害を受けたりするので口を噤《つぐ》んでしまう。

そもそも、魔族がその認識を変えようと思っていないのか、一部の国家と細々と貿易や交流を行うのみで、両者ともに歩み寄ることがないので現状何も変わらないのだ。

「アルスなら近いうちに行けるわよ」

と、カレンは呟《つぶや》くと槍《やり》を振るって、前方に現れた敵を薙《な》ぎ払った。悲鳴をあげて吹き飛んでいく敵を尻目に、アルスとカレンは速度を落とさず走り続ける。

「それに魔族なら、すぐに会えるわ」

「そうなのか?」

「ええ……〝廃棄番号《アンチテーゼ》〟と呼ばれる連中が何体かクリストフの下にいるみたい」

「へえ、〝廃棄番号《アンチテーゼ》〟か……確か魔族の国家から追放された——犯罪者に与えられる番号だったか?」

魔族の国家にも法はあって、犯罪を犯すと死罪以外にも追放処分などがあるらしい。

追放される魔族たちには、犯罪の度合いや強さに応じて番号が割り振られる。

そして犯罪者の烙印《らくいん》を押された魔族たちは、人類国家圏に追放——解き放たれて人災を撒《ま》き散らすのだ。

なので、ほとんどの魔族は人類国家圏に現れたら即討伐対象になるが、一部の魔族は捕縛されて、クリストフのような連中によって実験に使われていたりする。

「ええ、〝廃棄番号《アンチテーゼ》〟は一桁に近づくほど強いと言われているわ。あたしと戦った奴は〝廃棄番号Ｎｏ．Ｘ《アンチテーゼナンバーテン》〟と名乗ってたわね」

「なら、ここで現れる可能性が高そうだな」

「出し惜しみする必要はないもの。必ずだしてくるでしょうね」

そんな会話をしながら二階へ繋《つな》がる階段を昇りきる。

大きな広間のような場所にでると二人は足を止めた。

その視線の先には一人の男が立っている。

否——明かりの届かない闇の中から複数の気配を感じた。

「……まさか全員が魔族なの？」

「みたいだな。それで、あいつが一番強いみたいだ」

先ほどから、こちらの様子を窺《うかが》っている男——その額からは二本の角が伸びている。

上級魔族〝鬼人《オグレス》〟で間違いなく、その落ち着いた雰囲気には余裕すら感じられた。

「アルス、ここはあたしに任せて先に行ってくれないかしら」

「……敵はあいつ一人だけじゃないぞ？」

カレンが何を言っているのか理解できなかった。確かにカレンは魔導師の中でも上位に属する実力者だが、複数の魔族と戦って勝てるとは思えない。

「わかってる。だから、適当に相手をしてから逃げるわ。あくまでも優先すべきはシオンの救出よ。ここで無駄に時間を使う必要はないでしょ」

「それなら、ここはオレが受け持つよ」

「だから、優先するのはシオンの――」

アルスはカレンに最後まで言わせず言葉を被《かぶ》せる。

「だからだよ。シオンを早く救いたいんだろ？」

魔族から逃げながらシオンを探し出すのは難しい。それなら一人が魔族たちをここで食い止めて、もう一人がシオンを探し出す役目を負ったほうがいい。

なれば、残るのはアルスが最善だろう。シオンを救い出す役目はアルスではない。

「それにさ、カレンの手で、今度こそシオンを救ってみせろよ」

三年――もう解放されてもいい。彼女が苦しみを背負い続けた時間はもう十分だ。

「ついでに自分も一緒に救ってやれよ」

アルスはカレンの背中を優しく押してやる。

「ここはオレに任せて行ってこい。それともまた抱きしめて説得してほしいのか？」

冗談を交えて言えば、カレンが苦笑する。そもそも、泣いている女性がいたら強く抱きしめて慰めるのが常識だと教えたのは、誰であろう目の前にいる彼女であった。

「はあ……変なこと教えるんじゃなかった……それじゃ、本当に任せてもいいのね？」

「大丈夫だって言ってるだろ。さっさとシオンを救い出してこい」

頷《うなず》いて走り出したカレンは一度だけ振り向いたが、すぐに前を向いて再び駆け出した。

廊下の先に蔓延《はびこ》る闇の中に彼女が消えていけば、アルスを取り囲む気配が五つ。

「正気か？　一人で我々を止めると？　それとも自殺願望でも持ち合わせているのか？」

「生憎《あいにく》とそんな気持ちは持ち合わせていない。全員を倒してカレンと合流するつもりだ」

肩を竦《すく》めてアルスは答える。どこまでも自然体、緊張の欠片《かけら》もない。

そんなアルスを見て、魔族の男は怪訝《けげん》そうに眉間に皺《しわ》を刻んだ。

「解せんな。私は上級魔族〝鬼人《オグレス》〟で〝廃棄番号Ｎｏ．Ⅷ《アンチテーゼナンバーエイト》〟だ。他の者も中級魔族〝大鬼《オーガ》〟クラスの力はある。なのに……なぜ、そうも落ち着いていられるのか」

「だって、オレの知らない魔法が見られるかもしれない。それが理由じゃダメか？」

「ふっははは、なるほど、なかなか面白い人間もいるものだな」

普通なら魔族が一体だけだとしても、相手にするとなれば怖《お》じ気《け》づく。

魔族を相手に平然としていられるのは魔王や聖天ぐらいなものだろう。

だからこそ、〝廃棄番号《アンチテーゼナンバー》Ｎｏ．Ⅷ《エイト》〟は笑ったのだ。

ここにいる魔族五人だけで小国の一つや二つを壊滅させられるだけの戦力がある。

魔王であっても相手にするのは気後れするだろう。なのに、アルスは動揺することもなく、恐怖に駆られたわけでもなく、自暴自棄になった様子もない。

ただただ好奇心で爛々《らんらん》と瞳を輝かせて〝廃棄番号《アンチテーゼナンバー》Ｎｏ．Ⅷ《エイト》〟を見据えていた。

「勇気か蛮勇か――どちらにせよ、魔族を前にしてこんな人間もいるとは世界も広い」

ひとしきり楽しげに笑った後、真顔になった〝廃棄番号《アンチテーゼナンバー》Ｎｏ．Ⅷ《エイト》〟は小さく息を吐いた。

「小僧、我ら魔族を相手に無謀とはいえ気後れしないのは珍しい。キサマの名前を聞いておこう。名乗るがいい」

「ふぅん……お前は名乗らないのか？」

「だから〝廃棄番号《アンチテーゼナンバー》Ｎｏ．Ⅷ《エイト》〟だと言っただろう。暗号名《コードネーム》だが、ただ殺す相手にはそれで十分だ」

自分の実力を疑っていないのだろう。

勝つ自信があるからこそ、相手の名前だけを求めているのだ。

しかし、アルスを格下に見ているのであれば、わざわざ名乗る必要性は感じない。

「そうか、なら……オレは――〝魔法の神髄《ミーミル》〟だ」

カレンから身元がバレないように名乗っていると聞いていた。

ならば、アルスも偽っておくべきだろう。なかなか良い案だと思っていたのだ。

きっと偽物が現れることで、本物が憤って姿を見せる可能性が高くなる。

そうなれば世界最強の魔導師の存在を【聴覚】で捕らえられるだろう。

だから、アルスは今後も積極的に名乗っていくつもりである。

「笑わせる……世界最強の魔導師の名も安くなったものだな」

さすがに信じるとは思わなかったが、こうもあっさり嘘《うそ》だと見抜かれるとは。

「魔族の間でも、やっぱり〝魔法の神髄《ミーミル》〟は有名なのか？」

「世界最強と言われる者だ。魔族で有名なのも当然だろう。ヘルヘイムの女王から魔族の秘法を盗んだ者でもあるしな」

ヘルヘイムは〝失われた大地〟に存在する魔族の国家名であり、そこを治めるのは何千という魔物を従える上級魔族〝鬼人《オグレス》〟の女王だと言われている。

「いいな。それでこそオレが探し求める存在だけある」

「ほう。〝魔法の神髄《ミーミル》〟を求めるか、なにゆえに？」

「〝魔法の神髄《ミーミル》〟を倒して、オレの知らない魔法を得るためにだ」

「それはそれは……我らを倒すよりも厳しい道のりだろう」

大それた夢。けれども魔族がアルスを馬鹿にした様子はない。

「小僧――いや〝魔法の神髄《ミーミル》〟だったな」

不敵な笑みを浮かべた〝廃棄番号《アンチテーゼナンバーエイト》Ｎｏ・Ⅷ〟は、こちらの嘘に付き合ってくれるようだ。

「ここで我を軽く凌駕《りょうが》するほどでなければ、最強を名乗る資格はないぞ」

徒手空拳で構えた〝廃棄番号《アンチテーゼナンバーエイト》Ｎｏ・Ⅷ〟は、他の魔族に手振りだけで下がるように指示する。だが、それを見たアルスは首を横に振った。

「いや、全員でかかってきてくれないか」

「なに？」

「試しておきたいことがあるんだ」

「…………試すだと？」

「ああ、本物に近づくために、最初から本気で行かせてもらう」

その言葉を合図に、左眼《ひだりめ》の朱《あか》き瞳が、強く、眩《まぶ》しく、凄《すさ》まじい光量を発した。

そして少年は──唯一無二の魔法陣を羽撃《はばた》かせる。


「──The End of My Soul」

（我が魂は解放された）


最初から全力、容赦など一切ない。

アルスは自身の力を、抑圧していた鎖を引き千切った。

*

「――馬鹿なッ!?」

思わずクリストフは叫んでしまった。

部下の【投影】魔法によって外の状況を確認していた彼は驚愕《きょうがく》に震えている。

「……〝天領《てんりょう》廓大《かくだい》〟だと?」

映像の中の少年が、ギフトの幻想世界を作りだしたのをクリストフの瞳は捉えていた。

その足下に転がるシオンもまたその目を見開いている。

「まさか……四人目が現れたというのか……?」

ギフトの覚醒に至った魔導師――現在確認されているのは三人だけだ。

クリストフの主である魔王グリムも未《いま》だに辿《たど》り着けていない領域である。

「……貴様でもそんな驚いた顔をするんだな」

シオンに指摘されて、クリストフは自身の顔に触れる。

「そんなに驚いた顔をしているか? そうか……僕がそんなに……」

クリストフが自分の手を見下ろせば、ようやく震えているのに気づいた。

だが、恐怖からではない。

これは歓喜だ。

ギフトを極めた者だけが得られる伝説の究極魔法。

この眼で確認できた喜びに身体《からだ》が反応して震えているのだ。

「……僕は初めて見るんだ」

伝説の秘法〝天領廓大〟を完全に支配下に置いた少年は何者なのか。

圧倒的な力で魔族たちを相手取る少年は何者なのか。

なにより、未知の魔法を連発する少年に対して寒気が収まらない。

「まさか……本当に〝魔法の神髄《ミーミル》〟なのか？」

驚愕と共に壁に映し出された映像を見ていたが、部屋の入口が唐突に火を噴いた。

溶けた鉄製の扉がクリストフの眼前を転がっていく。

白煙を吐き出す入口があった場所を見れば、そこから現れたのはカレンだ。

「……やっと見つけたわ」

「……ようやく来たか。待ち遠しかったが、今だけは邪魔をされたくなかったな」

クリストフが不機嫌そうに吐き捨てる。彼は明らかにアルスのほうを気にしていたが、
カレンが来てしまった以上は無視できない。その苛立《いらだ》ちが態度にでていた。

「それにしても……本当に二人だけなのか？」

「ええ、あんたの相手程度なら二人で十分でしょ」

「……そこだけは予定外だよ。てっきりギルドで乗り込んでくると思ったんだけどね」

やはり、カレンの正体をクリストフは見破っていたようだ。

だからこそ解せない。

カレンの正体を摑《つか》んでいながら、なぜ、何も仕掛けてこなかったのか。

カレンが何を思っているのか、その表情からクリストフは読み取ったのだろう。

「ああ、キミのことならよく知っている。ヴィルート王国の元第二王女、〝ヴィルートギルド〟のレーラー、魔法都市の歓楽区で酒場〈灯火の姉妹《ヴィルート・シュヴェスター》〉を経営している」

「よく調べてるじゃないの。そこまでわかっていながら、なぜ放置していたのかしら?」

「少しは自分で考えたまえ、むしろ、おかしいと気づいた時点で止まるべきだろう」

猪《いのしし》のような娘だなと、呆《あき》れたようにクリストフは皮肉を口にする。

「まあいい。ちょうど役者も揃《そろ》ったことだ。用意された台本の説明をするべきだろう」

地面に倒れるシオン、そして、入口で警戒するカレンを順番にクリストフは見た。

「……最近、二十四理事《ケリュケイオン》に怪しまれていてね。さすがの僕も立場を利用して隠し通せる状況じゃなくなったのさ」

最近になってから二十四理事《ケリュケイオン》からの監視の目が厳しくなった。

クリストフが研究しているものは、全て非人道的で公にはできないものばかりだ。

もし本格的に調査をされると隠し通してきたものが全て明るみに出るだろう。

最悪、そうなったらそうなったで仕方ないと諦めもできるが、魔王グリムにまで責任が及ぶことを考えたら安易に投げやりになるわけにもいかなかった。

「だから、策を巡らせた。まず最初に〝黒猫〟――人造魔族を始末することにした」

けれど、計画は最初から頓挫した。

今も映像の中で暴れている黒髪の少年に邪魔をされてしまったからだ。

しかし、運が良いことにシオンは魔法協会に突き出されなかった。

処分もされずに保護されたことで、クリストフは逆に動きやすくなる。

「ありがたかったよ。監視の目が緩くなったからね。だから、その間に証拠を処分することにしたんだけど――また運が良いことにキミがグリム様の研究施設を襲撃した」

カレンが魔王グリムの施設を襲撃して、人造魔族に関する情報を集めていることを知った。そこでクリストフは証拠を徹底的にカレンに渡すことにしたのである。

「意味がわからないわね。あなたの立場が悪くなるだけじゃないの？」

「いやいや、残念ながらそうはならない」

「どういうこと？」

「なぜ、証拠を回収させていたか、それはキミに全ての罪を被《かぶ》ってもらうためだよ」

人造魔族の証拠は全てカレンに回収させた。

怪しい研究を行っていた施設も彼女の手によって全て破壊されている。

第三者が見れば、あたかも彼女自身が証拠を隠滅しているように映るだろう。

「あとはグリム様から与えられた権限を使って魔法協会を動かすだけさ」

二十四理事《ケリユケイオン》を強権で動かして〝ヴィルートギルド〟を強制調査させれば、カレンが必死に掻《か》き集めた人造魔族に関する大量の資料がでてくる。

「そんな強引なこじつけ通用するわけが……」

「通用するさ。それはキミもよくわかっているはずだ」

過去に二十四理事《ケリユケイオン》たちを利用して、〝ラヴンデルギルド〟を同じ手口で潰している。

「ここに誘《おび》き寄せたのは、キミたちに全ての罪を被ってもらうためだったんだが……」

たった二人で乗り込んでくるのは想定外で、クリストフは呆れたように嘆息した。

「まあいい、キミを始末したら、ゆっくりとギルドも潰してあげよう」

「本当にゲスな野郎ね」

「ありがとう。僕にとっては最高の褒め言葉だ。お礼にキミのところのシューラーたちは僕の研究素材として可愛《かわい》がってあげよう」

カレンの憎悪に満ちた視線を、クリストフは平然と受け流す。

「キミたちは僕の手のひらで踊らされていたに過ぎない。全ては僕が用意した台本通りに行動していたんだよ」

「……全部あんたが仕組んだことだと言いたいわけ？」

「そうさ。キミが三年前に退廃地区で絡まれた切っ掛けも含めて、今日この瞬間に至るまで全て僕が仕組んだことだ」

「……それが本当だとして、なんのために？」

「全ては魔王グリム様のギフトを覚醒に至らせるために決まっているじゃないか」

クリストフの上司であるグリムは若手トップと言われながらも、魔王になってからその才能が伸び悩んでいた。

魔王になったことで目標というべきものを見失った影響もあるのかもしれない。

だから、クリストフはそんな魔王グリムの悩みを知ってから、なんとか彼のギフトを覚醒に至らせようと画策した。

「魔族を含めた強敵との戦いでギフトを成長させるのが一番だと気づいたんだ」

強敵との死闘を経てギフトを極めさせる。それがクリストフの計画だった。

しかし、魔族は徒党を組むと厄介な存在で、〝廃棄番号《アンチテーゼ》〟すら手に入れるのは非常に困難だ。故に人造魔族を創ることにした。その材料となる者たちは瘴気《しょうき》に耐えられるように優良な個体——魔導師がよかった。

そこで目をつけたのが当時、若手の二番手だと言われていたシオン率いる〝ラヴンデルギルド〟だ。しかも、魔法都市で一大勢力を築き上げようとしていたことから、二十四理事《ケリュケイオン》たちに疎まれていたので簡単に彼らの協力を取り付けることができた。

「あとは知っての通りだ。簡単だったよ。とんとん拍子で事は進んだ」

カレンを切っ掛けに難癖をつけて〝ラヴンデルギルド〟との抗争を起こした。その後は二十四理事《ケリュケイオン》たちを利用して取り巻きのギルドを含めて徹底的に潰しにかかった。

「おかげで多くの実験素材を手に入れることができた」

それから人造魔族の実験を繰り返す中で、〝黒猫〟シオンが〝記憶〟を代償に〝肉体再生〟を使用できることを知り、元第二位階〝熾位《セラフィム》〟という実力も折り紙つきなこともあって、魔王グリムのギフトを覚醒させるための材料として使い潰すことにした。

なにより、シオン自身がそれを望んだ。

実験の失敗で仲間を多く失っていたことから、身代わりになることを望んだのである。

「だが、瀕死《ひんし》の重傷を負う度に〝記憶〟を失っていく、仲間の顔も忘れていくんだ」

そんなシオンを見ていられなくなったのだろう。

〝ラヴンデルギルド〟のシューラーたちは率先して人造魔族化の素体になっていった。

「レーラーのために。レーラーを助ける。レーラー。レーラー。これ以上はレーラーを苦しめないでくれ。口を開けばレーラーだ。鬱陶しい連中だったよ」

だから遠慮なく実験に利用して全て殺してやった。

「仲間が死ぬと〝黒猫〟が怒り狂う。だから暴走した彼女を解放して、街や村を襲わせて大義名分を得たら、グリム様に始末させるということを何度か繰り返した」

第二位階〝熾位《セラフイム》〟という優秀な素体——そんな強力な個体を何度も倒せば〝天領廓大〟に至ると思ったが、魔王グリムのギフトが覚醒することはなかった。

「だが、発想は間違っていないはずだ。あと何度か繰り返せばきっとグリム様のギフトは覚醒に至るはず」

そのためには新たな研究素材を大量に必要としていた。

クリストフの足下に倒れるシオンは魔力も底をつきかけているので使えない。

シューラーたちも全て壊れたので、もはや鑑賞用としてしか活用できなくなっている。

「だから、その役目を今度はキミとそのギルドに任せようと思ったわけだ」

「もういい。黙りなさい」

クリストフの話はカレンの逆鱗《げきりん》に触れたらしい。

「もう、あんたは喋《しやべ》らなくていいわ」

カレンは怒りで凄《すさ》まじい形相を浮かべていた。

「怒りは焼《く》べられた 恐れよ 嘆きの炎 阻む者なし 溶けぬ者なし 我が前は全て無情」

激しい感情の波を心の奥底に閉じ込めて、カレンが淡々と詠唱を紡いだ。

カレンの周囲で、まるで彼女の感情を表すかのような深紅の魔法陣の花が咲き誇る。

「全てを呑《の》み込め——〝紅蛇《アイゼンシユラン》〟」

宙に浮いた魔法陣から幾多の炎が線を引いて飛び出した。

紅蓮《ぐれん》の炎が渦を巻いて、まるで生き物のように蠢《うごめ》きながら獲物に襲い掛かる。

そんな肌が焼け爛《ただ》れるほどの熱波を浴びても、クリストフは涼しげな顔をしていた。

「残念だけどね。僕に魔法は効かないんだ」

クリストフが片手を無造作に宙に差し出せば、迫っていた炎の大蛇が消滅した。

あまりにも呆気《あっけ》ない結果に、カレンは茫然自失《ぼうぜんじしつ》、何度も目を瞬かせる。

「……何をしたの？」

「僕のギフトは【吸収】と言ってね。魔力を纏《まと》うものなら何でも取り込める。だから、魔法では僕を殺すことはできない。と、ここまで聞けば素晴らしいギフトだと思うだろうけど、実はこのギフトには有用な魔法が存在しない」

カレンは驚きから思わず問いかけただけ、まさか返事があるとは思っていなかった。

しかも、クリストフは自身のギフトまで明かして、その能力まで教えてくれる。

「つまり、いくら魔力を吸収しようとも、上手《うま》く活用できる魔法がない。使い勝手の悪いギフトなんだ」

戦闘を優位に運ぶためにも、普通は隠すはずなのだが。

「どうした？　そんなに驚いた顔をして――まさか信じたのか？」

嘘《うそ》か真《まこと》か、巧みな話術で混乱させるのが目的か、それとも別の狙いがあるのか。

「なら、魔力を使わない近接戦闘で――あたしの槍《やり》で跡形もなく粉砕してあげる」

「悪くない判断だ。頭の回転は速いみたいだね」

人を食ったような態度に舌打ちをしながらカレンは槍を構えて駆け出す。

「確かに僕は近接戦闘は苦手だ。けど、対策はしている」

クリストフが指を鳴らせば、彼の部下が数人、どこからともなく現れる。

「死にたくないなら退《ど》きなさい」

カレンは巧みに槍を操って、刃ではなく柄《つか》を使って敵を薙《な》ぎ倒していく。

『ひぎっ!?』

三人目を倒した時、カレンは違和感を得た。

「……魔導師じゃない？」

魔法も武器も使用せず、ただ彼らは飛びかかってくる。

それを槍の柄で打ち落とす、それを何度もカレンは繰り返した。

「……どういうつもりで――」

こんな足止めにもならない敵を差し向けたクリストフの狙いがわからない。

胸中に困惑が渦巻いた時、カレンは思わず足を止めてしまった。

「殺さないのか、とことん甘いな」

「…………ッ!?」

カレンはクリストフに背後をとられたことに驚愕《きょうがく》する。

そして、彼の手が肩に触れた途端、カレンは血の気が引くような感覚と共に、身体《からだ》の内側――更にその奥深くに流れる魔力が消えていくのを感じた。

次いで、カレンは足から力が抜けて地面に片膝をつく。

「……………あたしの魔力をギフト【吸収】で奪ったの？」

「その通り、全て、とはいかなかったけどね。ほぼ吸わせてもらったよ。その感じだと……残った魔力じゃロクな魔法も使えなそうだね」

魔力を奪われて苦しげな表情を浮かべるカレンを、クリストフが侮蔑を含んだ瞳で見下ろしている。

「対策はしている――そう伝えたはずなんだけどな。まさか……この壁にもならない連中が対策だと思っていたのかい？」

カレンに気を失わされた部下を眺めたクリストフの言葉は冷淡だった。

「無駄な警戒だよ。彼らは僕がキミの背後をとるためだけの駒――それ以上でもそれ以下でもない」

「あたしの魔力を奪うためだけに……あんた仲間をなんだと思ってんの」

カレンの言葉に首を傾《かし》げて、しばし黙考したクリストフは納得したように頷《うなず》いた。

「ただの実験素材だね」

さも当然のように言ったクリストフにカレンの怒りは頂点に達する。

「――あんた絶対に殺すわ」

「ははっ、面白い冗談だ。僕を殺す？　今この状況も僕が作り出したんだよ。ギフトを明かしたのも、無能ギフトを持つ部下を当てたのも、全てはキミの油断を誘うためだ」

クリストフのギフト能力が不明のままだったら、カレンは警戒心から近接戦闘という選択肢はとらなかった。けれどギフトを教えられたせいで、本人にはその気がなくとも全てを理解したつもりで行動してしまう。

「キミ程度の知能じゃ理解できないかもしれないけどね」

明らかにカレンを格下に見ているクリストフは、自身の勝利を微塵《みじん》も疑っていない。

その態度を見て、カレンはアルスとの会話を思い出していた。

『いいか、頭の良い奴《やつ》――いや、魔導師は誰もが自分が一番だと思っている』

そこに必ず隙が生まれる。特に勝利を確信した時などは、より顕著だろう。

油断した時、その隙間に――詠唱破棄の魔法を叩《たた》き込む。

『必ず動揺するだろう。それが致命的な隙となるはずだ』

――そこを刺せ。

「……〝炎弾《ファイア》〟」

アルスと出会ってから、ずっと練習していた詠唱破棄。

放たれた炎の塊は、真《ま》っ直《す》ぐ――凄まじい勢いでクリストフに向かう。

「なんだそれは……甘いな。その程度の不意打ちで僕が――」

「あんた馬鹿でしょ？」

カレンが不敵に笑う。

「ギフト【吸収】のことなら〝廃棄番号Ｎｏ．Ｘ《アンチテーゼナンバーテン》〟が教えてくれたわよ」

カレンは〝廃棄番号Ｎｏ．Ｘ《アンチテーゼナンバーテン》〟を倒した後に、彼が捕らわれていた部屋から古びた地図と、虫に食われたメモも一緒に手に入れていたのだ。

そこにはクリストフに関する情報が書かれていた。

ギフト【吸収】は空間系ギフト――吸収できる魔力には限度がある等の詳細が書かれており、他にもクリストフの戦いの傾向、その対策が事細かに記されていた。

「あんたのギフトは自身が所有する魔力以上を吸収できない制限があるんでしょ？」

「……それを知ったところで、なんだと言うんだ？　吸収できなければ、こうして避《よ》ければ問題ないだろう」

カレンの低級魔法〝炎弾《ファイア》〟を吸収せずに避けたクリストフだったが、初めて余裕を失った表情で苛《いら》立《だ》ち混じりの舌打ちをした。

「だから、あんた馬鹿？　何のためにあんたの腐った話を聞き続けたと思ってんの？」

「ふざけた娘だ。さっきから、なにを言って……」

「あんた、この部屋であたしの味方を忘れてないかしら？」

「まさか――ッ!?」

ようやく気づいたようだ。驚くクリストフに軽蔑した眼差《まなざ》しをカレンは向ける。

「最初から油断してたのは、あんたよ」

この部屋に入ってからカレンは、一度も彼女に意識を向けなかった。

最初から彼女の存在をクリストフの頭の中から消すことだけを考えていたのだ。

我慢して、耐え続けたのは、それも全てはクリストフに最高の一撃を与えるため。

「シオン！　やりなさい！」

〝炎弾《ファイア》〟を大きく避けたクリストフが、次の動作に移るまでには時間がかかる。

背後から迫るシオンの攻撃を避けることはできないだろう。

「ああ――……そうか、これを最初から」

「クリストフッ!!　仲間の恨みを思い知れぇェッ！」

＊

〝廃棄《アンチテーゼ》番号《ナンバー》Ｎｏ・Ⅷ《エイト》〟は驚愕に震えていた。

造り替えられた世界を見回して、最後に泰然自若を体現した少年に視線が辿《たど》り着く。

「これが……〝天領廓大《てんりょうかくだい》〟か」

美しい世界だった。空は虹に覆われて光り輝いている。

地上に視線を落とせば美しい平原が延々と広がっていた。

「〝魔法の神髄《ミーミル》〟――本物だったか」

苦笑した〝廃棄番号Ｎｏ．Ⅷ《アンチテーゼナンバーエイト》〟は姿勢を正して、改めて周りを確認する。

共に戦った中級魔族〝大鬼《オーガ》〟の四人は既に倒されていた。息をしているところを見るに命まではとられていないようだ。少年からは殺意というものが感じられないので、おそらくこちらを殺そうとする意思はないようだった。

素人のような動きで魔族たちを翻弄した少年には見事という言葉以外でてこない。

惚《ほ》れ惚《ぼ》れするような動きで同胞を無力化していく姿――まさに天衣無縫《シーズヘト》の如《ごと》く。

「〝廃棄番号Ｎｏ．Ⅷ《アンチテーゼナンバーエイト》〟――いや、我が名はゼルド。強者と出会えたことに感謝する」

一度は棄《す》てた名を名乗りたくなった。それだけの強者が今目の前にいるのだ。

魔族とは誕生した瞬間から強者であることが求められる。

この世界に魔物として生まれ落ち、ごく稀《まれ》に魔族として生まれ変わる。

病とは無縁で怪我《けが》すら瞬時に完治する強靭《きょうじん》な肉体と生命力、強力なギフトを得て膨大な魔力から魔法を自在に操る。その隔絶した力は、もはや魔物とは別種の生物だ。

故に人類は下級魔族〝小鬼《インプ》〟、中級魔族〝大鬼《オーガ》〟、上級魔族〝鬼人《オグレス》〟と脅威度に応じて種別している。

「アルスだ」

と、少年もまた名乗ってから首を傾げた。

「けど、急に名乗ってどうしたんだ？」

「……本気でかかってきてほしい」

自分勝手な願いであると、浅ましいことだと承知している。それでも遥《はる》かな高みを見せられたら挑まずにはいられない。魔族の本能が全力で戦えと訴えかけていた。

「わかった」

短い返答だった。

そこから先のことをゼルドはよく覚えていない。

少年が双剣を仕舞って、互いに徒手空拳になったことは強く記憶に残っている。

あとは、たった一度の瞬《まばた》きが勝敗を決した。

気づけばゼルドは地面に倒れ、アルスが王の如く見下ろしていた。

その虹色に煌々《こうこう》と輝く左眼《ひだりめ》からは何も感情を読み取ることはできない。

「……感謝する。高みを知れた」

否、上級魔族〝鬼人《オグレス》〟とまで呼ばれていても、その遥か頂上が見えることはなかった。

あまりにも異質、本当に人間なのか疑いたくなるほどの絶大な魔力に、黒い輝き。

「そうか、なら、オレは行く。お前たちを殺す理由もない。あとは好きにしろ」

美しい世界が変わりはじめる。元の世界に戻ろうとしているのだろう。

去る少年の背中から視線を切ったゼルドは、現実と幻想が混じり合う空を見上げた。

「美しいな……とても美しい……これが世界の広さか」

井の中の蛙《かわず》、大海を知らず。まさに自分のような存在に相応《ふさわ》しい言葉である。

「戦えて良かった」

最も魔帝に近い超越者。

世界最強の魔導師。

——〝魔法の神髄《ミーミル》〟。

あの少年に、まさに相応しい称号であると納得する。

「彼ならば……彼なら——」

——六大怪物《アルメヒティヒ》も倒せるかもしれない。

＊

物心ついた頃から、クリストフは地獄にいた。
魔法都市の退廃地区、生きているだけで全てを奪われる場所。
抗争に敗北したギルドの子供、無能ギフトを持って生まれた子供。
退廃地区には大人だけじゃない、様々な事情をもった子供も流れ着く。
そして力の弱い者から死んでいく、子供など真っ先に狙われて儚《はかな》く消える存在だ。
だから、力が弱い者は徒党を組んで抵抗し始める。
それが魔王グリム率いる〝マリツィアギルド〟の前身だった。
クリストフも最初は弱者の一人で、生きるために必死に大人の命令に従い続けた。
そんなある日のこと、退廃地区に新しい住人が現れる。
小さな赤子を背負った少年――後の魔王グリム・ジャンバールだ。
彼の両親は二桁のギルドに所属していたらしいが抗争によって死亡したらしい。
その詳細はわからない。グリムが語ることはなかったからである。
事情がどうであれ、クリストフからすれば新しい住人は大歓迎だった。
ましてやそれが子供であるなら、自分の雑務を押しつけることができる。
しかし、退廃地区のルールを教えようとしたクリストフだったが失敗した。

魔王グリムは幼少の頃から傲岸不遜で桁違いの魔力を持っていたからだ。

そして、稀代《きたい》ギフトで瞬く間に退廃地区を制圧して頂点に立ったのである。

やがて、退廃地区の子供たちを纏《まと》めたグリムは、大人たちも従えてギルドを設立した。

だが、グリムは足を止めることなく、いつしか魔王と呼ばれるまでに成長する。

まさに燦爛《さんらん》と輝く太陽の如き存在、いつしかクリストフは彼のためだけに生きることを誓った。だからこそ、魔王グリムのギフトを覚醒に至らせたかった。

彼の偉業の一頁《ページ》に自身の名を刻むために——だが、その夢は潰《つい》えようとしていた。

迫り来る鉤爪《かぎづめ》——魔力の塊を眺めながらクリストフは笑みを浮かべる。

その笑みには様々な感情が渦巻いていた。

無駄だという嘲笑《あざわら》い、次いで異常に気づき苦笑となって、自身の未来を悟り笑った。

「ああ——………そうか、これを最初から狙っていたのか」

ギフト【吸収】でシオンの攻撃を無力化しようとしたが、カレン一人分の魔力を奪っていたことで発動することはなかった。避けられない攻撃ではなかったが、カレンの放った〝炎弾《ファイア》〟のせいで次の動作へ移るには時間がかかる。

「策士策に溺れる、か……ふっ、僕としたことが、こんな初歩的なミスで終わるのか」

自身に訪れた予想外の終わり、あまりにも滑稽すぎてクリストフは初めて自嘲した。

「……最後まで、あなたについていくことができませんでした」

「クリストフッ!!　仲間の恨みを思い知れぇェッ！」

シオンがクリストフの名を叫んだ瞬間――彼は首に奇妙な感覚を得た。

次いで熱を感じたかと思えば、クリストフの意識は消失する。


――グリム様、お許しを。


彼の口から発せられた最期の言葉は、誰にも聞こえることなく溶けて消えていった。

胴体を離れて、宙に浮かび上がった首は地面に墜落すると緩やかに転がりはじめる。

頭を失った身体《からだ》は床に激しく倒れてピクリとも動かなくなった。

カレンたちも言葉を発することなく、床を転がり続けるクリストフの首を眺めていた。

そして、ボールのように転がり続けた首が、誰かの足に当たって止まる。

「おいおい……クリストフの野郎、殺されちまいやがったのかよ」

足下の首に向かって語りかける男に動揺は感じられない。

呆《あき》れ、怒り、彼から発せられた感情はその二つだけである。

「ちっ、馬鹿が。だから、手伝ってやるって言ったのによ」

苛立ち混じりに後頭部を掻《か》き毟《むし》った男は、カレンたちに視線を向ける。

「しっかし、まぁ……魔族だよな。なんでここにいるんだ、なあ、おい？」

威圧──睨《にら》みつけられただけで、カレンとシオンは身動きがとれなくなった。

野趣溢《あふ》れる短髪、狼《おおかみ》のような眼光、彼こそが史上最年少で魔王に到達した天才。

神童と謳《うた》われる男──グリム・ジャンバール。

「おい、無視すんなよ。俺が誰だか知ってるか？」

忌々しそうに呟《つぶや》いたグリムの姿が消える。

かと思えば──、

「なっ!?」

唐突にシオンの前に現れた。

「知らないってことはないよな？」

呟いたグリムは面倒そうに嘆息する。

「まあ、どうでもいいか……ここで死んどけよ」

突如として彼の片手に現れる大鎌。

その死神のような巨大な鎌は、シオンに向かって躊躇《ちゅうちょ》なく振り下ろされる。

「カレン！　時間を稼ぐ、逃げろ！」

叫んだシオンは鉤爪をグリムへ突き出す。

次いで、両者の姿が交錯して甲高い音が部屋に響き渡った。

一瞬──時間が止まる。最初に動いたのはシオンだった。

「アッ——く、そ……っ!?」

自身の身体から噴き出す血を眺めながらシオンは倒れていく。

「まだ終わらねえぞ、クソ魔族が」

グリムはシオンが倒れるのを許さず、彼女の顔面を摑《つか》むと何度も地面に叩《たた》きつける。

「あんた、なにしてんのよ！」

「あァ？　誰に口利いてんだ、クソ女が」

怪訝《けげん》な表情を浮かべるグリムに、カレンは槍《やり》を巧みに操って鋭い攻撃を繰り出した。

穂先はグリムの首を捉えていたが、当たる直前で鎌に受け止められてしまう。

次いで二人の間に凄《すさ》まじい衝撃波が生み出され、その余波で地面が砕けていく。

奇襲の失敗を悟ったカレンは、距離を取ると目にも留まらぬ速さで攻撃を繰り出す。

刺突、払い、二段突き、空間を軋《きし》ませる千波万波がカレンから放たれ続けた。

けれども、その全てが——、

「つまんねえな」

魔王グリムの巨鎌に打ち払われる。

「……な、んで……どうして、当たらないのよ」

愕然《がくぜん》とするカレンに、呆れたように嘆息したのはグリムだった。

「おいおい……当たり前だろうが。そもそも、なんで、てめえは魔族を庇《かば》ってんだ？」

グリムから拳が放たれる。その鋭く速い攻撃はカレンの頬を簡単に捉えた。

「んぶッ!?」

頭蓋骨から骨の砕ける音が響くも、カレンはその衝撃を奥歯を噛《か》み締めて耐え抜いた。

それでも一瞬、気を失いかけたが、

「うぁ……アァァッ!!」

シオンを救う――その想《おも》いだけで意識を繋《つな》ぎ止めた。

カレンは口から血反吐《ちへど》を撒《ま》き散らしながらグリムに立ち向かう。

だが、現実とは無慈悲だ。

再びカレンの攻撃は弾《はじ》かれて、それはグリムの怒りを誘う。

「雑魚が粋がってんじゃねえぞ」

グリムの鎌が振り下ろされる。

先ほど攻撃が弾き返されたことで、大きく仰《の》け反《ぞ》ったカレンは避けることができない。

ゆっくりと時間が流れていく、もはや、凶刃を受け止める道しか残されていなかった。

思わず目を閉じてしまうカレンだったが、いつまで経《た》っても痛みに襲われない。

不思議に思って目を開ければ――、

「……うそ」

カレンを庇うように、両腕を広げたシオンが立っていた。

肩から胸にかけてグリムの巨鎌が食い込んでいるのが見える。

上半身が繋がっているのが不思議なほどの深い傷。

それでもシオンは大量の血を流しながら、カレンの無事な姿を認めて微笑《ほほえ》んだ。

「……よかった――カレンを守ることができた」

「あ……ッ、シオン、な、なんで!?」

倒れ込んできたシオンを受け止めたカレンは、震える手で回復薬を取り出す。

「しっかりして、すぐにこんな……こんな傷治してあげるからッ」

だが、シオンは彼女の腕を摑んで止めた。

「もういい……わかってる。間に合わない」

人造魔族なのに〝肉体再生〟が発動しない。

それはつまり魔力や、代償となる〝記憶〟でも足りないほどの傷ということだ。

「あ、ああ……ごめんなさい……またあたし……あたしのせいで……」

「それは、違う」

涙を流すカレンの頰に手を当て、その目元にシオンは親指を添えると、流れ落ちる雫《しずく》を拭い去った。

「カレン……聞いてほしい……ずっとアタシは謝りたかったんだ」

「なにを……謝るのはあたしのほうよ。あたしのせいでギルドが、みんなが犠牲に――」

「だから、違う。違うんだ。全てアタシが悪いんだ。カレンに背負わせてしまった」

力が弱かったから淘汰《とうた》されたのだ。確かに切っ掛けはカレンだったかもしれないが、遅かれ早かれ彼女がいなくてもシオンのギルドは同じ末路を辿《たど》っていただろう。

だから、カレンに罪を背負わせてしまったことだけが後悔だった。

故に、シオンは死ぬことができず、カレンと再会するためだけに生きてきたのだ。

「やめてよ。なんでこんな時に笑ってるのよ」

「そうか……アタシは笑っているのか」

カレンに背負わせた罪を取り除けたかどうかはわからない。

けれど、最期にカレンを守ることができた。

だから先に逝った仲間たちも、きっと許してくれるだろう。

彼らだってシオンを温かく迎えてくれるはずだ。

「なら、良かった。カレンが好きなアタシのままで逝ける」

いつだったか、カレンはシオンの笑顔が好きだと言ってくれた。

だから、カレンに心配をかけたくなくて、いつでも笑顔でいることを心掛けた。

「……ありがとう」

シオンは笑顔で告げる。

そして、最期に力を失った手がカレンの頬を撫《な》でるように滑り落ちていった。

「ねえ、シオン……いつか聞いたでしょ……どんな魔導師になりたいかって」

静かに目を閉じたシオンの顔に涙を落としながら、必死にカレンは呼びかける。

けれども、何度呼びかけても彼女は反応してくれない。

「……まだ答えてない……お願いよ……こんな形で別れるなんて、嫌よ……」

生暖かい血がカレンを包み込んでいく。ただただ絶望だけが残されていた。

壊れたようにシオンを呼び続けるカレンに、グリムが足を進めて近づいていく。

「気持ち悪いな。魔族が死んで、なんで泣けるんだ？」

グリムは巨鎌をカレンの首元に当てる。

「とりあえず、お前も死んどけ」

しかし、その腕が動くことはなかった。

当然だ。シオンは「カレンを守ることができた」と言っていた。

彼女が命を賭して稼いだ時間。

それが意味するところは——

「おいおい、なんだァ……その魔力……」

グリムはようやく入口に立つ黒衣の少年を認識した。

突如として現れた絶大な脅威が——凄まじい殺気をグリムに向けてきている。

「……てめえ何モンだ？」

エピローグ

雨のような雑音が、ひどく【聴覚】を震わせていた。
炎に溶かされた壁を潜《くぐ》れば、アルスは広間のような場所にでる。
そこでは紅髪の少女が心を守ろうと慟哭《どうこく》していた。
それでも、押し寄せる悲しみによって少女は押し潰されている。
なぜ、涙を流しているのか。
なぜ、彼女が悲しんでいるのか。
なぜ、何が、誰が――幾多の疑問を懐《いだ》きながらアルスは視線を巡らせた。
カレンの腕の中には動かないシオンがいた。
血塗《ちまみ》れの姿からは息をしているのか、死んでいるのか定かではない。
抑えきれない怒りが、頭が割れそうなほどの痛みとなって激情を訴えてくる。
誰が彼女たちを苦しめたのか。
やがてアルスの視線は、哄笑《こうしょう》する青年を射貫《いぬ》く。

殺意が――、

「オ　マ　エ　か」

——世界を塗り潰した。

あとがき

早速ですが「むじかく2」は如何《いかが》でしたか、新たな厨二《ちゆうに》に目覚める方はいましたか？

読者の皆様に楽しく読んで頂けていれば、これに勝る喜びはありません。

それと唐突ではありますが、「むじかく」のコミカライズが決定いたしました！

その詳細はオーバーラップ公式ＨＰ、または著者のTwitterなどで公開しています。

興味がある方、気になる方はぜひ覗《のぞ》いてみてください！

それでは残り行数も僅かとなりましたので、謝辞を述べさせて頂きます。

ｍｍｕ様、魅力的なイラストの数々は、言葉で語る必要がないほど素晴らしく、その美麗さは私の厨二心の原動力となっています。誠にありがとうございます。

担当編集Ｙ様、編集部の皆様、校正の方、デザイナーの方、本作品に関わった関係者の皆様、おかげで二巻を発売することができました。本当にありがとうございます。

読者の皆様、本作をお手に取り、読んで頂けたこと心より感謝とお礼を申し上げます。

今後もより熱く滾《たぎ》らせた厨二を発信していきますので、応援よろしくお願いいたします。

それでは、またお会いできる日を心待ちにしております。

奉

OVERLAP

無能と言われ続けた魔導師、実は世界最強なのに幽閉されていたので自覚なし 2

発　　行　2023年3月25日　初版第一刷発行

著　　者　奉
発 行 者　永田勝治
発 行 所　株式会社オーバーラップ
〒141-0031　東京都品川区西五反田 8-1-5
校正・DTP　株式会社鷗来堂
印刷・製本　大日本印刷株式会社

Printed in Japan　ISBN 978-4-8240-0440-6 C0193

作品のご感想、ファンレターをお待ちしています

あて先：〒141-0031　東京都品川区西五反田 8-1-5 五反田光和ビル4階　オーバーラップ文庫編集部
「奉」先生係／「mmu」先生係

PC、スマホからWEBアンケートに答えてゲット!

★この書籍で使用しているイラストの『無料壁紙』
★さらに図書カード（1000円分）を毎月10名に抽選でプレゼント!

▶https://over-lap.co.jp/824004406
二次元バーコードまたはURLより本書へのアンケートにご協力ください。
オーバーラップ文庫公式HPのトップページからもアクセスいただけます。
※スマートフォンと PC からのアクセスにのみ対応しております。
※サイトへのアクセスや登録時に発生する通信費等はご負担ください。
※中学生以下の方は保護者の方の了承を得てから回答してください。

オーバーラップ文庫公式 HP ▶ https://over-lap.co.jp/lnv/